以仁王を探せ！　大内宿ミステリー　山崎玲

JN103158

まえがき

コロナのさなか　２年かかって５００ページの本を書いた　前著「以仁王を探せ！」である　何十年も気になっていた以仁王のことを解る限り　思う限り徹底的に書いた　そうしたらエライ分厚くて重い本になり手に取った多くの人から字が多くて言葉が難しい　読みにくい　抵抗感があると口々に言われた　でもその辺は自分でもどこか百も承知で　逆にマニアックな歴史ファンからのコアなリアクションは嬉しくて　それは素人の勝手な危険水域なのかも知れなかった　そんな折に５０年来の友人が「これは本というより博物館を造ったようなもの」「ジックリ何度も通わないと全体が見えて来ない」という感想を呉れた　ニンマリしていたら「褒めてるんじゃなくて整理されてない博物館だから何処を歩いて良いのか分からないってことだ」なるほどガイドブックが要るっていう話なのかなと短絡的に思った

よくよく考えた　２年かけて５００ページに膨れ上がった分量を簡単に要約なんて出来ないその場でそのつど捻り出した言葉は別の単語に置き換えられない　ブックガイドなんて書けないぞと思った　もし出来るとしたら一度アタマをリセットして以仁王の旅をシンプルになぞり直すこと　彼の見たもの　彼に向けられた視線　前回フォローしきれなかった以仁王の足場を尋ね直すこと　そうしたら違うものが見えるのではないか　新たに出会ったヒトと語りあうこと　寄せられた感想もヒントになる　別の違ったアングルから嗅ぎ直してみるのは面白い　どうやらコロナもおわるようだし　動き出せば愉しみな展開になる

それと初めての体感だが　本を一冊書けば人と語り合う機会が増えることを知った　私の晒け出したものに忌憚のない御意見をぶつけて来る人が出て来る　最初は驚いたが次第に面白くなった　ある新聞社の人が云った　それは本が分厚いからだ　分厚いから風当たりが強くなるのだと　この人は皮肉っぽいがカラッとざっくばらんで面白かった　明らかな臍曲がり同士がこんな風に意気投合するのも　今や珍奇な出版という人生行動の副産物であろうか

と云うワケで以仁王ワールドへの再出航である　今回は以仁王がこだわった大内宿と　かれを探し求める二人の姫君　そしてコントロールタワーとなったある人物がテーマとなる　こんどはテンポ良く行くつもり　乞うご期待！

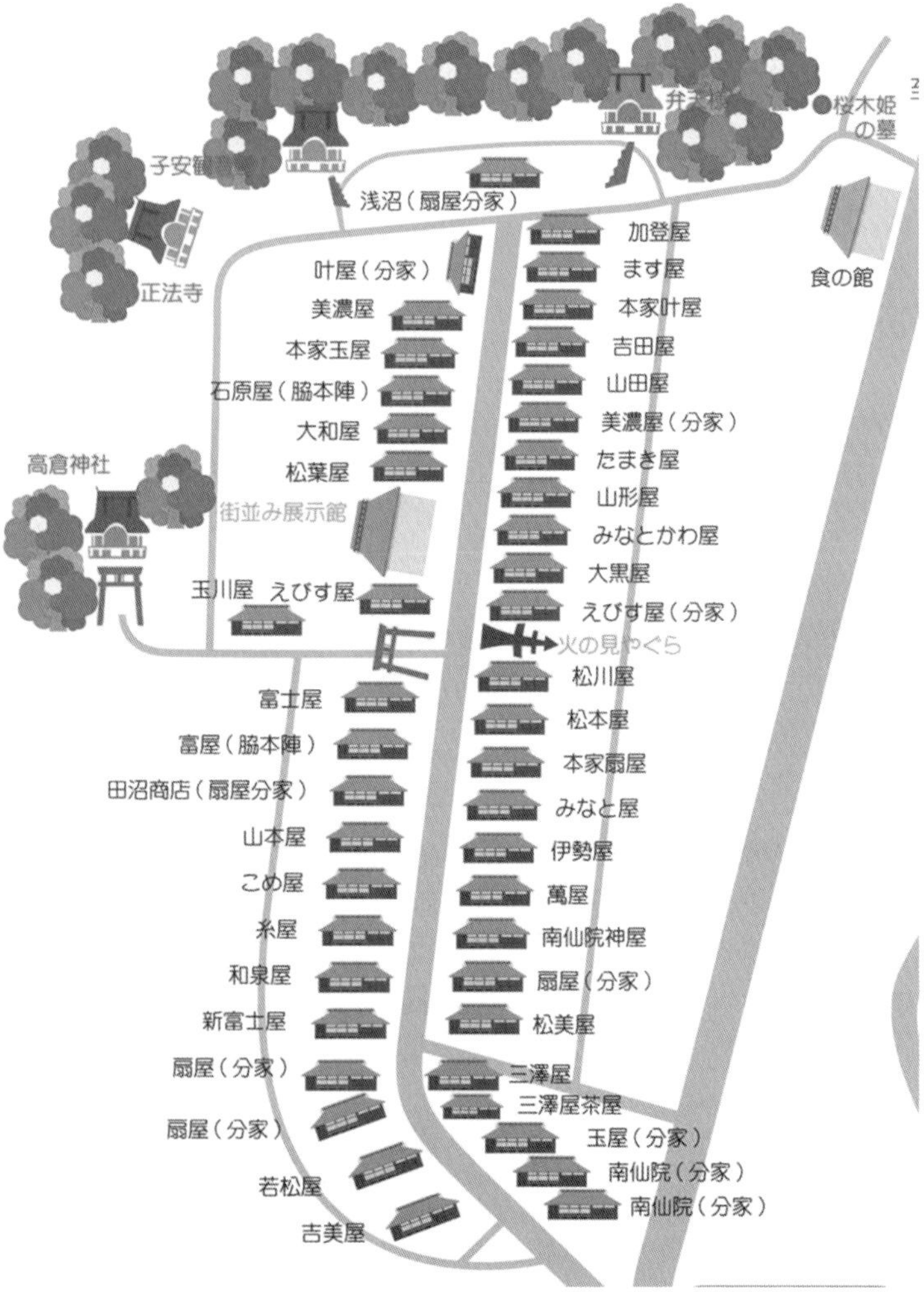
桜木姫
の墓
食の館
浅沼（扇屋分家）
正法寺
叶屋（分家）
美濃屋
本家玉屋
石原屋（脇本陣）
大和屋
松葉屋
高倉神社
街並み展示館
玉川屋
えびす屋
富士屋
富屋（脇本陣）
田沼商店（扇屋分家）
山本屋
こめ屋
糸屋
和泉屋
新富士屋
扇屋（分家）
扇屋（分家）
若松屋
吉美屋
加登屋
ます屋
本家叶屋
吉田屋
山田屋
美濃屋（分家）
たまき屋
山形屋
みなとかわ屋
大黒屋
えびす屋（分家）
火の見やぐら
松川屋
松本屋
本家扇屋
みなと屋
伊勢屋
萬屋
南仙院神屋
扇屋（分家）
松美屋
三澤屋
三澤屋茶屋
玉屋（分家）
南仙院（分家）
南仙院（分家）

大内宿　家の並び図

第1章　神宿る村の5つのミステリー

記憶を消す島

ずいぶん前のことだが　私はバリ島の山の中で突然ミック・ジャガーに出くわしたことがあった　人が一人やっと通れるような譲り合わないとすれ違えないような一本道　雨上がりの明るい空気の中で　向こうからちょっと放心した感じの男が一人歩いてくる　地味な感じでうつむき加減だがすぐにミックだと分かった　あの当時のミック・ジャガーっていうのはそりゃものすごい神のような別世界の存在だったから　確かにびっくりしたのだが　こんな事もあるのかなと素直に受け入れている自分も居た　すれ違いザマのスローモーションな一瞥は強烈だった　でもタッタそれだけのこと　特に気を騒がすこともなくふつうに村の宿に戻って仲間と合流したが　雑談の中でもなぜかミックの話をしなかった　頭の中から消えていたのだ　それから部屋でぐっすり眠ってそのまま完全に忘れてしまった　仕事で行ったバ

リ島　バタバタしたスケジュールのホンの隙間の出来事で　あまりにも突飛だったからかも知れない　スッカリ忘れてしまったのだ
ところが帰国して暫く経ったある夜　会社の近くで仲間と飲んでいてフワッと思い出した　そう云えばオレこのあいだのバリ島でさ　山道でミック・ジャガーとすれ違ったんだよ　二人っきり　だけどずっと忘れてたんだよね　へえすげえなソレ　ラッキーじゃんよ　だけどなんで忘れてたの？　そうだよな　ミック・ジャガーだもんな　オカシイよな
そんな飲み屋での会話自体が今では遠い昔　でも昨日のことのように覚えている　記憶っていうのは本当に不思議だ　何でふっと消えたりまた急に現れたりするんだろう
あとで誰かが言ってたのはバリ島は噂を消す島だっていう話　此処に居ない誰かの噂話をしない　そんな気が起きない場所なんだって　確かに日本だったらそこいらでミック・ジャガーを見かけたら　すぐに話題になる　ナンダカダと詮索も尽きないだろう　でもバリ島ではそれが起きないのだという　日常のゴタゴタから逃れて行きつくような島だからなのかそうじゃない　バリ島にだって日常はある　あそこにはそこかしこに精霊がいて　他人の噂なんていう下品なものは消してしまうのだという説明だった
今でもバリ島を思う　明滅する記憶のランプ　何とも言えない懐かしさ　人の笑顔は暖かくて　大らかで　優しさに包まれる　そんな幸せな場所だった・・・

美しい山里

　ミック・ジャガーの一件を唐突に思い出したのはついこの間　２０２２年4月１６日の午後福島県南会津郡下郷町の大内宿にある「分家玉や」で美味しい珈琲をごちそうになっていた時である　落ち着いた古建築の板の間に雨上がりの優しい光が差し込んでいた　一緒に語らっていたのは　子どもの頃　山向こうの落合分校で同級生だったサキ子と　その妹でこの「分家玉や」の女将の則子　そしてこの大内地区の区長さんの３人であった
　大内宿は良く知られた美しい山里で　江戸時代の宿場町の街並みをそっくりそのまま　自然の景観と一緒に残して未来に伝えようという　国の重要伝統的建造物群保存地区になっているところである　ここに来れば誰でも自然に自分が江戸時代にいるような気持ちになる
　そんな風景を見やっていた私の頭の中に　ひょんとミック・ジャガーが浮かんで来たのだこれは不思議である　記憶を消す島の記憶がよみがえる　もしかするとここは記憶を呼び戻す村なのか　あそこの山道をミック・ジャガーが歩いてくるような　そんな幻想が浮かんだ

ここは８００年の昔　高倉宮以仁王が苦難の旅の一つの拠点として滞在した場所である　つまり私にとって以仁王研究の聖地であって当然訪れるべき場所だったが実際には来れないでいた　それが実現したのは今ここで語り合っている区長さんのおかげである

そもそも2月に前著「以仁王を探せ」を出してはみたもののモタモタして　やっと神輿をあげて売り込みをし始めたのがひと月も経ってからである　あちこちの市町村の役場や図書館に電話したものの「もちひとおう？」「誰ですか？」若い担当者なら無理もない話である　福島市の新聞社に現物を送り付けたりしたが　なかなか芳しい動きもなく　そんな中でふと大内宿のほうにも掛けてみようかと思った　ほうにもというのは実は大内地区が含まれている下郷町のほうには一度電話をして図書館にも寄贈させて頂いていたからである

大内宿の観光案内所に掛けると電話に出られた女性がとても明るくテンポよく「ああ以仁王の事なら区長がとても熱心なんですよ」というお話　さっそくご連絡を取らせていただいた　区長さんは快活でエネルギーに溢れた方であった　とにかく以仁王のことは実に細かく研究されている　以仁王に関してこれほど熱いやりとりをした人はこれまで居なかったので正直驚いた　世の中の大半の人にとってほとんど無関係なテーマという自覚　自分の中でどこか孤軍奮闘というか足場の見えない不安もあったから　この電話は無性に嬉しかった

動き出す・・・

それから数日が経つうち　福島の新聞社のほうが直接出向けば取材に応じてくれそうな雰囲気と分かり　これは乗り込むしかないと取材日を4月15日に約束して　いざ新幹線を手配する段になってアッと驚いた　そういえば東北新幹線は3月16日の地震以来運休していてこの日が復旧再開のタイミングだったのだ　切符が取れない　大慌てで深夜バスに何とか飛び乗って福島に着いたのが早朝4時　豪雨の駅前に放り出されたものの真っ暗な街　店はどこも開いてない　コンビニが一軒あるだけ　大ピンチだが店員さんが「ずっと居ていいですよ」　暖房まで点けてくれた　地獄に仏　いい人がいて本当に助かった

新聞取材も無事終わり　そこから旧友の車で会津若松まで移動して彼の家で泊まり込みで飲むという段取り　そこまでは決めていたが気力はスッカリこそげ落ちてしまっていた

しかしその2日前　新幹線が取れると暢気に思っていた段階で　私は大内の区長さんに電話をして「行けたら大内宿にも行きたい」ということを軽々に言ってしまっていたのである　その後の愚図愚図した空気を察してくださって区長さんは「会津若松まで迎えに行きますよ」と有難い一言　これに私は完全に甘えてしまったのである　翌16日の朝　豪雨の中　区長さんご本人がお迎えに来られた　顔を見るなり旧知のように会話が弾んだ

高倉神社　一の鳥居

2022/7/1 撮影

道すがら・・・

そこから大内宿に向かう車中での会話　そして道々の風景は新たな発見の連続であった　自分の書いたことのアレコレの確認という程度の軽い心積もりだったが　それどころか現実の山や川のリアリティに圧倒された　私の書いたものは既存の情報に寄り添っただけの名のみの空論である可能性がある　まず地理的なスケール　距離や方位などが捕捉できていなかったこと　楢原宿から大内宿までの距離感も　紅梅御前を祀った神社の位置関係などもそうであったし　以仁王が行軍を断念して引き返した氷玉峠の位置も実際に見て良くわかった　今は会津若松から氷玉峠を越える県道１３１号線は大内宿の直前で通行止めになっている　その通行止めギリギリまでわざわざ行っていただいてそこから引き返してもらったりしたのも有難いこと

とにかく実地に見ることの大切さ　この以仁王の旅程において　少なくとも大内宿の周辺に関しては　８００年前に以仁王が急遽行程変更を余儀なくされた事情も含めて具体的なサイズ感が浮かび上がった　この氷玉峠はもとは高峯峠といったもの　以仁王が山越えを断念して戻った峠というのだからもっと険しい場所を勝手に想像していた　「会津風土記」には火玉峠とも云うと書いてある　以仁王の行く手に火の玉が降ったので敵が攻め込むのを断念したので助かったことから火玉峠と名付け　また雹が降ったとも云うので氷玉峠の別称もあるというけれ

ども　この旧暦の7月17日はグレゴリオ暦だと8月16日　真夏なので　雹が降ったなどとは到底考えられない　私は「隕石の落下」をふと思った　以仁王が運命の中に居たというのならそういう事が起きたって不思議はない　それならば到底引き返さざるを得ないであろう

そこからもう一か所　以仁王の妻女である紅梅御前を祀っている紅梅御前宮を訪れた　この神社の前には小川が流れていて橋はかかっていない　だから素足で清流に入り　浄められてからお参りをしなくてはならない　折からの雨に川は増水していて今日は渡るのは大変そうだ　関東のほうから川釣りに来たという50代くらいの4、5人のグループがいて少し雑談になった　橋のない理由を言うとしきりに感心していた　しかし紅梅御前が何者かは御存知なかった

高倉神社へ

大内宿に入ってまず高倉神社に参詣した　区長さんは慣れた足取りで　滑りそうなコケの上は歩かずに　少しでも乾いた石をえらんでずんずんと先へ行く　少し足早気味に　その先その先へと進んでいく　それはまるでこのシーンに後から参加した私に　ひょんの滞在時間でもなるべくいろんなことを見せようという　早く色んなことを覚えて前線に立って欲しいとでも仰るかのごとくに　そこからそこへと案内してくれようというご親切であった

この村は恥ずかしながら記録のあまり残っていない村なんです　かれは済まなさそうに言うが　それを聞いて私の心に浮かんだのは　文字に書かれた記録なんていうものは書き手の偏見に満ちるもの　アテにして倚り掛かるべきものではないという考え　そりゃ物事の正確さに於いて　数字やなにやらがあった方が聞こえがいい場合もあるだろうが　数字こそ操作ができる曖昧なモノ　そこに支配され納得してしまう人が実に多いのだから　狡い奴や権力側が恣意的に弄れる便利なモノだ　今回の私のように歴史の根源を突き詰めようという時には真ん中に据えない方がいいという感覚であった　変に振り回されなくて済む　先ずは見て感じることだ
さいわいこの大内宿には書き物以上にものを言う樹木や建物が保存され堂々と存在感を主張している　ここに生きてきたリアルな生活史の結晶が山ほどアピールしてくるものを見逃さないことだと思った

樹齢８４０年の大杉

この高倉神社は創建１１８０年　以仁王の来訪の直後に建ったという　社殿は古くはないがその真後ろには　まさに以仁王の時代からの樹齢８４０年の大杉がある　樹高５６メートル周囲４・３メートル　良く茂り樹勢は旺盛である　背後から神社を見下ろすかたちで　神社はこの杉を守る様に建っているから参拝する人は思わず知らず真っ直ぐにこの杉を拝むことにな

るのである　この樹が祀られている高倉宮以仁王のタマシイそのものであることは一目瞭然である　しかしよくよく考えてみる　もともとはどんな風であったろうか　最初は幼木の杉である　以仁王を祈念してお祀りしようという最初の意志で植樹されたのだと思うが　やがて大樹になっていくその成長と一緒に　以仁王への信仰も相乗効果的に成熟していったのだろうか
どうもそれだけでは足りないのではないか　という話なのである　この神社の由緒を整理して以仁王への顕彰を高めた人　歴史の中押しをした人があるという仮説があることを私は知ったのである　その人が誰であったのか　以仁王の時代にこの場所に植えられた杉が　どこかで強くご神体として大きく祀られるようになった　そんな人がいるのではないか
その人の思いというものは　存外この樹自身が語ってくれるのではないだろうか

神社空間　そこは神の領域　浄化された思いを納めるところ　祀られる霊樹とはいいながらただの象徴ではない　やはりそれは生き物なのである　人間などより遥かに長く生きているものであっても　やはり生命体のナマナマしさを内に秘めている　つまり意思がある　言い換えれば自分で好悪を選択する　人は容易くスピリチュアルなどという言葉を遣って　霊的なモノ精神的なモノを求めてしまいがちだが　森はそこに在るエネルギーの総体である　一本一本の樹々も　見えざる気を疎通させながら　自然という大きなウネリ　意思決定に参加している

御神体の大杉

樹齢 840 年

高倉神社

大内宿について

大内宿は下郷町の北部の標高６５０メートルの地点にある　阿賀川の支流小野川の上流に中規模に広がる盆地にできた集落である　周囲は山で囲まれ　桧和田峠・結能峠・市野峠・氷玉峠などによって会津高田・会津本郷・会津若松などの周囲の市町村集落と接している　古代の遺跡も多く見つかり古くからよく人の往来する交通の要衝であったと想像されている

しかし街道や街並みのルールなどというものは元々あったものではなく　現在みる様な整然とした集落の構造が出来上がるためには　紆余曲折の時間の成熟と　その後ある時一気に強烈な指導力によって達成したものでなければあり得なかったのである

この街道と宿場の整備というものは戦国末期　国家統一の機運と共に本格的に動き出したものである　それはまず五街道と呼ばれる幹線道路の整備であって奥州街道や日光街道がそれに当たる　しかし下野街道のような脇街道まではなかなか手が回らなかった　１５９０年８月秀吉が会津平定の帰途に通過した時には　まだ街道としての体裁もなしていなかった

それが圧倒的なスピードで整備されることになったのは１６４３年に保科正之が会津藩主となったのがきっかけである　着任の翌年に江戸参勤があって正之はここを通った　そして３年後の１６４７年に帰国するが　その間に大きな整備があったことが想像されるのである　その

同じ１６４７年に「宿駅の掟」が定められ　会津五街道も選定されたのである
会津五街道とは次の５つを指す
① 米沢街道　米沢城下（山形県）とを結ぶ北の街道
② 白河街道　白河城下とをつなぐ南東へ延びる街道
③ 下野街道（南山通り）　下野の国（栃木県）今市を目指し南へ延びる街道
④ 二本松街道　本宮から二本松に東へ向かう街道
⑤ 越後街道　越後の国（新潟県）を目指す西への街道
正之には藩内の様々なインフラの整備を急ごうという意思があり　それと優秀な家臣たちの阿吽の呼吸で　相当な起爆力で進められたと思われる　特に下野街道は大事な参勤交代の経路なのだから　より力が入ったと想像できるのである

下野街道のまとめ（下郷町の資料より）

① 会津若松から会津藩領と南山御蔵入領を分ける大内峠（標高９２０メートル）を越え　陸奥国と下野国の分水嶺である山王峠（標高９０６メートル）を越えて　日光領の今市宿に至る３２里（１２８キロメートル）の道程である

② この街道には多くの呼び名がある　会津藩の公式歴史記録である「家世實紀」では主に「南山通り」もしくは「南通り」を用い「川路通り」も使われている　17世紀後半の「会津風土記」では「下野路」と呼び　19世紀の「新編会津風土記」では「下野街道」と記録している　江戸では「会津街道」あるいは「会津西街道」と呼び　広義で越後街道の一部としていた　また幕府領の南山地方では「日光街道」や「会津西街道」と呼び　下野国では稀に「中奥街道」と呼んだ例もある

③ 通過した著名な人物として
1180年　打倒平家の挙兵に失敗した　高倉宮以仁王が通った
1590年　小田原参陣のため　伊達政宗が通った
　同年　奥州仕置よりの帰途　豊臣秀吉が通った
1852年　吉田松陰が通った（東北旅日記）
1868年　新選組土方歳三が通った

④ 2002年3月19日に三群境の塚から楢原宿跡までの9630メートルの部分が国の史跡の下野街道として指定された

限局された参勤交代

ところで水を差すような話なのだが　言っておかねばならないことがもう一つある　会津藩の歴史で参勤交代にこの下野街道が使用されたのは19回だけであったという事実である　途中幕府が方針を変え脇街道を通行することを禁じたことと　1683年日光下野一帯に大地震があり　土砂で川がせき止められて通行が困難になってしまったためである　そのため参勤交代はもっぱら東通り（滝沢峠—福良—白河）が使用されたのである

歴代の会津藩主のなかで参勤交代で下野街道を通ったのは初代正之、2代正経、8代容敬の3人だけであり　その内訳は　初代正之が7回（うち藩主として3回）2代正経が11回　そして8代容敬が1回である　その全貌を表で示すと

通算	西暦	年号	藩主	摘要
1	1644	正保1	保科正之	江戸参勤
2	1647	正保4	保科正之	帰国
3	1648	慶安1	保科正之	江戸参勤

4	1669	寛文9	保科正経	藩主としてはじめて会津入り
5	1670	寛文10	保科正之	帰国
6	1670	寛文10	保科正経	江戸参勤
7	1670	寛文10	保科正之	参府
8	1671	寛文11	保科正経	帰国
9	1672	寛文12	保科正之	帰国
10	1672	寛文12	保科正経	江戸参勤
11	1672	寛文12	保科正之	参府
12	1674	延宝2	保科正経	江戸参勤
13	1675	延宝3	保科正経	帰国
14	1676	延宝4	保科正経	江戸参勤
15	1677	延宝5	保科正経	帰国
16	1678	延宝6	保科正経	江戸参勤
17	1679	延宝7	保科正経	帰国
18	1680	延宝8	重四郎	江戸参勤
19	1827	文政10	松平容敬	帰国

１９回の全体のうち最初の３回は初代保科正之の治世の初期に当たる　その後２１年に亘るブランクを挟んで　１６６９年から１６８０年の１２年間に１５回集中する　この異様なばらつきは正之が参勤交代をしなかった異色の大名であったからだが　その辺の事情は複雑なので後で述べることにする

大内宿の町並みの特徴（下郷町の資料より）

①屋敷割り～旧街道の両側にほぼ均等に割られている
②向き～主屋は茅葺き寄棟造りで妻を街道に面している
③配置～屋敷は二座敷を併置して街道に面する
④軒形式～二座敷の表及びその前後を化粧で飾る
⑤一軒あたりの屋敷面積は９５坪（１７１㎡）建坪は４０坪（約７２㎡）
⑥家屋は街道に沿って３尺の縁を付けその前に「オモテ」と呼ばれる３間幅の広場を設置したことで整然とした町並みが成立した

ここに立って分かることがあります・・・

Oouchistagram Competitions…

大内宿のユニークな構造

「この大内宿というところはいろいろ不思議なことがあるんです」

気付いたら目の前の区長さんの説明に熱が入っている　私は山を見ていた目線を戻す　ミック・ジャガーは来ないようだ　そして珈琲をひと啜りする

「ここが国の『重要伝統的建造物群保存地区』に選ばれたのは１９８１年4月１８日です　古建築や町並みを保存するという国家的な事業の一環なんですが　ここはそれ以前に我々の生活の場でもあるわけなんです　これからもずっと生きて行かなければならない場所　茅や藁を葺くのも大変な作業なんです　保存していくという大きな使命感の中で頑張って生活もしているという　緊張感と大きな誇りを持って暮らしているんです」

建築業をなさっている方だからプロの視点がある　長年彼が見つめそして考えて来た疑問点と　その解釈について実に興味深い話が出てきた　それらは私のように外から見ている者には絶対にわからないこと　想像も及ばないことばかりであった

そのことをここに「大内宿5つのミステリー」として　その言葉そのままに書き記しておこうと思う

ミステリー＃1　地盤の傾斜の問題

まず全体的なことですが　この大内宿が江戸時代初期の１６４７年に一つの都市計画という
か　宿駅制度という宿場町の構造形態のルールですよね　いわゆる大きな設計図をもとに構築
された場所なんだという事実があります　会津には五街道があって　ここは下野街道というこ
とになるんですが　他の宿場町と同時に　同じ目的　同じ基準で造られたはずなんですが　明
らかに他と違うところが幾つもあるんです　その一つは地盤の傾斜の問題です
本来の斜面が平らにされている　全体として見ると南北に街道があって北は会津若松　黒川
ですね　それが北にあって　南は江戸の方になるわけです　この南北に走る街道を縦軸に取っ
て見た時　その西側　地図で見る左側はほぼ平らですが　東側は相当に下がっている
元々の地形というものがそうなっているんですが　その凹みの部分に村の北の突き当りの山
を大規模に削ってその土を持ってきている　東側の傾斜がなくなり街道の左右が水平になるま
で相当な範囲を埋め立てています　そして削られた山のほうには　お寺様　観音様　弁天様を
造営して　一つの聖域を造り上げている　これは非常に大規模な工事です

元々の地盤を考えるとこの埋め立てられるほうの東側は地盤が弱いですから　そこが崩れたり流れたりしやすい　それを防ぐ為には　そこにはかなり楔と云うか　石垣を積み上げて端のほうは強く補強されてるわけです　これでもかっていうぐらいに補強されている　何故もともとの形を変えて　そこまでやったのかっていうことです

ミステリー#2　用水の引き込みの問題

それから街道の両側に流れる水路の問題があります　この村は街道に沿って南から北に会津若松方向に全体が緩慢な上り坂になっていますが　そこを清水が流れている　この水が村の一つのライフライン　生活用水になっているんですけど　この水がどこから来るのかっていうとさっき行かれた高倉神社の上の方から水がくるんですよ　ここを知らない人には説明に地図が要りますけど神社の場所は街道からはかなり外れていますよね　それなのにわざわざ長い水路を作って山の端を這わせて　この街道の北の端のむらの屋並びの一番高いところまで水を運んでそこから村中に流される　そういう手続きというか治水工事を　この宿場を作るときに同時によくよく考えて作られているのです　明らかに都市計画があったということです

水の流れに関して不思議なことは　それはこの水路が神社の参道を横切ること　詳しく申し

ますと二の鳥居と三の鳥居の間の参道を横切る形で水が流れています　確かに水源は神社に向かって左側にあり　それを右の村のほうにもっていくためにはどうしても神社の何処かを横切らなければならないんですが　それを表参道のメインの場所である鳥居のあいだに堂々と持って来ているという点　そしてそれが山の裾に沿ってカーブしながら最終的には村の宿場の北の端さっき言った分流点まで長い水路で運ばれる

それは全部その石材　目の詰まった石で出来た水路であって　あたかも古代ローマの水道を彷彿させます　はるかに規模は小さいものではあるんですが　これをこうやって経路を作ってしかも神社の境内の要所を流すっていうことは　これは「浄め」なんじゃないかと　こうして神聖な神社の中を通過させて清められた水を皆さんありがたくいただく　生活のための水を祈りながらいただくという　つまり生活そのものが自然に感謝の祈りとなっていくという事なんですね　そういう境地になるという　人の心の清らかな根っこに繋がって行くっていうそういう精神的なことを　これもまた構造上明らかに意図的に作った　宿場町であると同時に門前町であるという微妙なバランスの中に　その水の流れが存在してるっていうことです

高倉神社の神域で浄められた水が・・・

村の隅々にマイナスイオンを運んでくる・・・

一の鳥居は街道に横向きに付いている

鳥居側から街道を見ると・・・

ミステリー＃3　鳥居の向きの問題

もう一つ　村の構造としてユニークなのは鳥居の向きです　鳥居の場所は街道のちょうど真ん中です　村のど真ん中に高倉神社の一の鳥居は立っています　正確に言うと街道に立ってるのではなくして　街道から直角の方向に　縦に南北に街道をみた場合に左方向　つまり西に緩斜面を登っていく方向に向かって一の鳥居が立っているんです　この鳥居をくぐってずっとまっすぐに行くと　右方向にゆるやかにカーブを描きながら　やがて二の鳥居が見えて神社の入り口になるわけです　そして三の鳥居の上が神社　そして森厳たる山の裏の方に水源があるというわけです。

この鳥居が真ん中にあることで　例えば参勤交代の場合でも　その鳥居の前を素通りするわけにはいかない　下馬しなくてはならないなどの手間が生じるのではないか　もし村の構造を宿場町としての正しい設計図で作ろうとするのならば　神社に対して鳥居をこのように配置しない方法もあったのではないかという疑問なんです

ミステリー＃4　家並と街道の落差の問題

次に特徴としてあるのが　家並と街道の落差が大きいという点　街道に対して両側の家の建っているところの足場を高くしている　落差があるんです　ということは家々から見ると街道を見下ろす形になっている　家々というかそこが宿になるわけですね　宿が街道を見下ろす形になっている　街道は当然参勤交代で城主の乗る馬や籠が通るところですから　やっぱり宿場の一般人が街道を見下ろすんじゃマズイでしょう　土下座をするにしても高いところで土下座をしているんじゃおかしいですよね　これは普通なら何とかしなくてはならないことだと思うんですよ　落差を作らない方法を考えるのではないでしょうか　少なくとも近隣の宿場はそうなっています

ミステリー＃5　メクラ壁の問題

前の落差のことと関係があるかも知れませんが　殿様の通行を見下ろさない　そういう配慮から当然考えられたと思うのがメクラ壁と呼ばれる　建物の街道に面したところは壁にするというやり方があるわけです　つまり失敬のないように目線をさえぎるように建築するというの

が　こうした宿場町の建物の基本としてあるわけで　日本の街道は漏れなくそうなってる　この会津西街道でもほかの宿場はそうなっていますが・・・ところがこの大内宿だけはそうなってないんです　メクラ壁がない　街道に向かって窓がある　雨戸が開けられると　そうするとそこにやんごとない城主様が通られるということになるとそれは失敬ではないかということ

その上にさっき申し上げたように　家の建ってる足場が高いのでさらにあんばいが悪い　高いところからモロに見下ろす形になる　これはちょっとアリエナイ話ですよね

以上のような様々な疑問があるんですが　これは一つの推論なんですが　この全体を貫く一つの方向性というものを感じるんです

それは「神様の前での平等」っていうことです　お殿様は偉い立場なんだけれども　神様の前では同じ人間としてみんなと一緒に頭を下げなくてはならない　何も宿場のど真ん中でそんなことをしなきゃならないのはおかしいんだけれども　だからこそ　わざとそういう場所を作ったのだとしたら　これは凄いことです

人の上に立って偉いといわれる立場の人間に　そういう本質的な意識に関わることを教えるために　思い知らせるために　わざわざこうした仕掛けを作ったとしたら　そういう大きな指令を出せる人は誰なのかということになるわけです

誰が考えて指示したのか

そう云うことが出来たのはトップに居た人でしかありえない　トップ中のトップ　結論から申しますと　それは会津藩の初代藩主保科正之その人であろうと　藩主であると同時に　徳川政権の副将軍の立場にあった人　その強い指導力でこの国の近世に　様々な目覚ましい改革をもたらした人　世界の歴史に類を見ない　安定した江戸時代をプロデュースした人・・・世に尊敬され讃えられて亡くなった後も　すぐさま神として祀られたひと　猪苗代湖畔にある土津（はにつ）神社に祀られている保科正之公こそがこの大内村の都市計画　全体の構造を考えて　今まで述べてきたような理念理想を　子孫の藩主や上級武士たちに体感せしめる為にこれだけの大規模な工事を一つのスジとして　しかも面白く推進したという　こういう実行者は　不世出の天才　保科正之を措いて他には考えられないと思うんですよ

私はこの仮説に大いに同調しながらも　じつは歴史人物として名前は知っていたにもかかわらず　それ以上のことは恥ずかしながら何一つ知らなかったこの保科正之について　まず色々知らねばならないと　遅まきながらの新しい取り組みを開始したのである

第2章　異色の藩主保科正之

人間は一人一人　自我と呼ばれる暴れ河の　蛇行の歴史である　世界はそうした運命の寄せ集めの濁流であって　とうてい個人でどうこう出来るようなものではないのだ　何がこの後どう流れて来るのか　予想もつかない　治水とはそういうものだ　これは神の業なのである

会津を運命づけた男

保科正之という人物について　急な調査に没頭したところで　私にいろいろまとめて語る足場も　能力もないことは申し上げた通りである　それでも色々棚に上げても　知れば知るほどこの人が素晴らしく魅力的であることが分かり面白くなったのである

保科正之は2代将軍徳川秀忠の庶子である　母は静（志津）といい　神尾栄嘉という北条氏の旧臣の娘であり　秀忠の乳母大姥局の侍女であった　1611年5月7日に誕生し幼名は幸松と言った　当時の武家社会では大奥の秩序の維持のために正室の立場は絶対的であり　侍妾については正室の許可が必要で　下級女中の場合には一旦しかるべき家の養女となって家柄を

整える必要があった　また庶子の出産は江戸城内では行なわれない習わしであり　幸松の出産は武田信玄の次女である見性院の下で行われ幸松はそのまま見性院に養育されたのである
１６１７年幸松は７歳で信州高遠藩の保科肥後守正光の養子となる　正之の存在は秘中の秘であり　老中である土井利勝など秀忠側近の数名しか知らぬことで　異母兄の家光もまったく知らされていなかった
家光がそれを知ったのは偶然のことである　ある鷹狩の帰りに一つの寺で休んでいた時に身分を隠していた家光に寺の住職がそれとも知らずに「保科肥後守殿は、今の将軍家の正しき御弟だというのに、僅かな領地しかもらえず、貧しい暮らしをしている」と話したことから知れたのである
１６２９年６月　正之は二人の兄　家光と忠長と対面　この相当にタイプが違う二人ともに正之は気に入られたのである　１６３１年１１月養父正光の死去があり　将軍秀忠の命により保科正之と名乗り高遠藩３万石を継いだ　２１歳であった
翌年秀忠が逝去し家光が３代将軍になると正之はことのほか可愛がられ　様々なシーンで家光に付き従うことになった　１６３６年には出羽国山形藩２０万石を拝領した　そして１６４３年には陸奥国会津藩２３万石に移封になり　幕府直轄の御蔵入領を預かる５万５千石と併せて２８万５千石の大名となった

託孤の遺命

そうしたトントン拍子の出世のコースに乗っていた正之に途轍もなく大きな運命の転機が訪れた　１６５１年　その出来事とはほかならぬ家光の死である

そもそも三代将軍家光という人は　幕府を開いた祖父の家康　それを継承発展させた父の秀忠ときて「ここでいよいよこの国を安定させなければいけない」というそのカナメに当たっていて　本人もそれを重々自覚して頑張っていたけれども　残念なことに病を得て志半ばで４８歳で亡くなってしまうことになってしまった　嫡男の家綱は１１歳　四代将軍を継がせるにはまだまだ幼く　心配で死にきれたものじゃなかった　その不安感　存念無念を死の床で弟の正之に全て委託するのである　なんとか頼むよというわけである　徳川幕府はまだ５０年に過ぎず　けっして安定はしていない　今平伏している諸大名の中にも隙あらば権力をとりたい人間が一杯いる　そうした連中に睨みをきかせる役目をしてくれというわけである　しかし正之は実の弟ではあっても母の身分の低い庶子であり立場は非常に弱いのである　目付け役だといわれて睨みを利かせるには相当に分が悪いのである

それでも家光は他の誰でもなく　この正之に自分の死後の命運を託した　その背景にはかつて家光がこの正之に初めて面会した時に受けた直感　人目に隠されて育てられてきたこの弟が

生来持ち合わせている人格的な素晴らしさ　控えめで無欲であり勤勉である　正義に対して非常にストレートで理路整然と言うべきことは言うが　無駄口は利かない　反応が早く機転もきくが調子には乗らない　とにかく地アタマがいい上に努力する　もの凄く優秀な男であることを血を分けた兄として瞬時に喜んで受け入れたということがある

そんな正之を呼び寄せてたった二人だけで本音本心を打ち明け　その魂を託した　自分が天下を取ろうなどとは微塵も思っていないこの弟にこそ国の未来を託したい　自分を継ぐ幼い家綱をフォローして欲しい　育て上げて欲しいというこの願いに正之は涙を揮って「お任せくださ い命に代えても」と応え　家光は安心して瞑目したのであった

この「詫孤の遺命」と呼ばれる大事件は　正之をそして歴代の会津藩主の胸中を貫く絶対的な倫理規範になって行ったのである　とにかく将軍を幕府をサポートすることが会津の使命であり　そこに余計な理屈も言い訳もない　愚直と言われようが幕末維新の最後の最後まで　会津藩の滅亡に至るまでこの一念が貫かれることになるわけである

影のリーダーとして

正之41歳　その後は家光の遺志を墨守して鬼神の如く国政に邁進した　家光の没後総登城した大名の前で正之の放った言葉はものすごい　まず大老の酒井忠勝が「将軍は11歳と幼いからそれと見くびって反逆を起こすなら今だ」と挑発する　そこへ正之が「自分を一人前にしてくれたご恩を忘れ反逆するものがあれば踏みつぶして新将軍の就任のご祝儀にさせてもらう」と一喝する　その迫力に諸大名は圧倒され平伏して頭をあげる者は居なかったという

この年はさっそく由比正雪の慶安事件などピンチの芽はいくつかあったが　正之の揺ぎ無さで乗り切った　その後も先見性に満ちた政策が次々と実行されていった　そうした国政と並行して一大名として会津藩主も兼ねていたのだからその仕事の量　重圧感というものは計り知れなかっただろうと思う　じっさい国許には23年間帰れなかったが　藩政の方も股肱の臣　名宰相田中正玄の断固たる守りによってびくともしなかったのである

正之の行った多岐にわたる政治的決断は　常に一貫した信念によって支えられており　どれをとっても発想が柔軟で　なおかつスピード感溢れる対応で胸のすく思いがする　その全貌を並べるスペースはここにはないが　どうしても紹介しておきたいのは　彼の天才的ともいえる大ナタが嵐のように振るわれた「明暦の大火」での対応ぶりである

明暦の大火の応急とその後

1657年正月の「明暦の大火」は3度にわたる出火で江戸のほとんどを焼く尽くした　焼死者数万とも十万ともいわれる　関東大震災　東京大空襲に匹敵する大災害であった　この大いなる危機を幕府が乗り越えられたのはひとえに保科正之の力であると力説される　私淑する中村彰彦さんのご著書を参照に不世出のリーダー正之の行動を私なりに整理してみたい

【大火の最中・直後の対応】

① 将軍家綱の避難の是非　→老中たちが上野寛永寺に避難をというところを正之はもってのほかと反対する　その理由は「一国の主が城を捨てたとなれば面目にかかわる」

② 将軍は江戸城西の丸に移るが混乱で誰もケアしていない　→正之は蠟燭を持ってこさせて部屋を明るくして将軍を安心させ　また粥も届けさせる

③ 正之が「将軍の弟の綱重・綱吉は無事か」と問い質す　→そう言われるまで幕閣の誰一人思いもしておらず　→大慌てで無事が確認される

④ 浅草の幕府の米蔵に火の手が迫る　→正之は米蔵の開放を命じる「消火救助に当たった者は米を好きなだけ持ち出して良い」　→米蔵の焼亡は免れ民衆は飢えずに済んだ

⑤ 飢えた者のために粥を供出　→二十日間続けられる　→のちに延長する

【事後の反省と対策】

①幕閣の間には危機対応の拙さなど責任を問い合う風潮もあったが正之は「人間の功罪を論じている暇があったら今後の対策を講じるべきだ」と一喝する

②町火消制度の原型を作る　↓防火と消火の手段を民衆に徹底させる

③物価高騰の対策として　↓江戸の人口を減らす努力　↓諸大名に国許に戻ること　江戸にのぼってこないことを命ずる（参勤交代の猶予）

④町家の再建のために幕府の公金16万両を放出する　↓諸大名には逆に倹約を命ずる

⑤万人塚　↓放置されていた焼死体を集めて合葬する　↓死者への目配り

⑥江戸総図（地図）の作成　↓都市計画のベース作り

⑦大名屋敷の移転　↓江戸城郭内にあったすべての大名屋敷を郊外に移転させる

⑧それに伴い寺社も町家も広く拡散させていく

⑨両国橋の架橋　芝・浅草に新堀の開墾　神田川の拡張

⑩玉川上水の着工　↓消火のための用水とライフラインの水源の恒常的確保

⑪広小路　主要道路の幅を6間から9間に拡張　↓延焼を食い止め避難路を確保するため

⑫そして江戸城に天守閣は再建しない　↓無用の長物というメッセージ　↓現在に至る

病魔に侵された悲運の晩年

大活躍の正之であったが後半生は病気との戦いとなった　もともと丈夫な生まれではなかった正之であったが　その上に多忙と緊張で心身をすり減らし　白内障と結核を発症し　それがどんどん悪化していく中で幾度も隠居を願ったが　正之を頼みにしている家綱はなかなか首を縦に振らなかった　登城を免じられたり　将軍自らの見舞があったりという　特別の計らいがあったとしても　緊張感のある究極の判断はどうしても正之のところに回ってくるのであった

そうして満身創痍の果て　完全に盲目となってしまった1669年になって　正之にようやく隠居の許しが出て4男の正経に家督を譲り　その翌年に23年ぶりに会津に戻るその道中で詠んだ一首　見ねばこそさぞな景色の変わるらめ六十になりて帰る故郷　見ることが出来ないからなおさら故郷の変化を強く感じるんだろうな　正之らしい感慨である　病状は安定しており半年で江戸に戻った　そして2年後の1672年　墓地の選定の為の最後の会津の往復の後12月18日に三田の藩邸で逝去した　享年63

神式で葬られ墓所は福島県耶麻郡猪苗代町見祢山にある　生前に神道の師の吉川惟足から授けられた「土津」の霊号があり　3年後に土津神社が建立され今日に至っている

誰にだって心の支えは必要だ

誰に頼りようもなく　しかし誰からも期待され頼られる　それが運命で逃れようもないとしたら　そんな生活をし続けたら　誰でも絶対に参ってしまうだろう　課せられた重圧が途方もないものであれば　どうやって心のストレスを逃がしたらいいのか

正之は最終的にそれを神儒合一という境地に求めた　かねて召し抱えて神道研究の相手にしていた儒者服部安休を通じて　吉田神道の流れを汲み当時神道の最高権威だった吉川惟足を召し　教えを乞うた　１６６１年５１歳の時である

正之は惟足に「神代の時代にはこの国はよく治まっていた　その要領は何か」と尋ねた　それに対し惟足は「己を正しく治めて私心なく」「仁恵を施して民を安んじ」「問うことを好んで下情を知る」これを天照大神は実践されていたからであり　この三つ以外にはないと断言した

そして惟足はさらに詳細な説明をしたが　それは正之の思いと合致し　わが意を得たりと激賞してその後は惟足を重用し　安休を惟足のもとでさらに勉強させた

惟足のいう三つの行動規範は本来正之が持っている性質そのものであった　もとより私情はなげうっている　民を安んじることはいつも念頭にある　世の中のどんな実情も訊きたいと思っている　そんな自分を追認してくれるお墨付きが見つかったという安堵だったのであろう

神社へのこだわり

吉川神道に心酔し様々な確認を続ける中で　正之の頭でハッキリとこの国を支える大きな基本理念として神道があり　そこに　行動の規範として明確な儒教（＝朱子学）が融合する形が理想的であるという思いが強くなったものではないかと思われる

もともとの本流である吉田神道を発展させたこの吉川惟足の思想と　林羅山の下で朱子学を学んできた山崎闇斎も基本的に同じ神儒合一　神道と儒教のダブルスタンダードの人たちである　もちろん幕府の学問の主流は朱子学であるし正之も朱子学には重きを置いているが　正之はそれでは足りないと　この神儒合一の融合において達成しうると考えていた

だから朱子学の理論家の山鹿素行を断罪して流刑にしたのも単に山鹿の「政教要録」の出し方のルール違反に対する職位的な裁きであって　朱子学の原理内容をとやかく云う感覚ではなかったというのが私の最終的な印象である

とにかく正之は神の居場所としての神社の荒廃に大きな問題があると気付き　まず会津藩内全域の神社を調査させた　その由緒由来　祭神を書き出させ　淫祀は排除し　廃すべき神社については廃し　また正しく復興させるべきものはそうすべきであると指示をしたのである

「会津風土記」「会津神社志」

正之がその生涯の後半に熱を入れて取り組んだのが「会津風土記」「会津神社志」という二つの仕事である　まず「会津風土記」これは古代の風土記に倣って各国の歴史風土　山河池沼の自然の紹介　名所旧跡や神社仏閣の由来　人物の逸話　産業だとか名物や産物をあげさせたという　幕府が各国に命じた古代の風土記以来　千年ぶりに編纂させたもので　会津風土記はその模範とすべくいち早く作らせたもので１６６６年の成立である

ちなみに大内村は　長江荘楢原郷の筆頭に名前がある

いっぽう「会津神社志」は正之最晩年の１６７２年の成立である　会津藩内の神社の荒廃をみて１６６５年に友松勘十郎　木村忠右衛門　服部安休らに命じて　その調査に当たらせ　その復興を目指したもの　安休の作ったリストとして　会津郡８９座　耶麻郡７６座　大沼郡６２座　河沼郡４１座　合計４郡２６８座の神社名のみが列挙されているものであるが　ここに**大内宿の高倉神社の名前は挙げられていない・・・**

よき神社　由緒正しい神社として　認知されなかったということになる　残念な現実だがそういう扱いになっている　それがそうだというなら理由を突き止めなくてはなるまい

第3章　以仁王ってどんな人だったの？

以仁王は美形でそのうえ才能豊か

さてここからは以仁王について語っていきたい　以仁王はいったいどんな人物であったのだろうか　平家物語に描かれているような「心のゆるやかな上品な王子さま」だったのか　それは断じてノーである　彼の与えられた状況においてそんなユルユルで人生を終われるわけがないからである　こんな欠席裁判のような　後出しジャンケンのような平家物語に　いいように役を振られて　暢気な悲しい王子さまとして描かれてしまっているだけであって　人生の理不尽　痛い目に遭ったことのある人間ならチョット考えればわかりそうなものである　書いてある通りに信じるのが日本人なんだね　だまって800年騙されているバアイじゃない　自分がそうだったらどうするよって考えたらいいよね　腹が立ったら暴れればいい・・・

いったい人間の人生は運と不運が編み込まれた糾える縄であり　どんなフトしたキッカケで誰と出会ったのか　そしてその誰かが何をくれたのか　その誰かがして呉れたことにどんな風にお返ししたらいいのか　そんな風にクヨクヨと　これまで想像もしていなかったことに次々

と圧倒的に支配され翻弄されるのが当たり前　形式論とか理想論とか　思い描いていたビジョンとか　たいがい関係がなくなる　成功した人　つぶされた人　辛うじて生き延びた人　人を押しのけて権力を得た人　謀反を起こした人　こういう風に結果論で決めつけたところで何の意味もない　誰かと出会うという　ただただそのジョイント金具だけが問題になる

高倉宮以仁王が今から八百数年前に　他の誰にも出来得ないやり方で活路を開いたことでこの国が新時代に向けて動き出したのはまちがいない　対立する後白河上皇と平清盛　院政と平家のにらみ合いが一つのピークを示した時　この特別な皇子が踊り出て　その気高い方向性を勇気をもって示さなければ　多分この国には何も起こらなかったであろう

おそらく平家の専横はこの後も長く続き　源氏にも中心力は宿らなかった　木曽義仲は何らかの散発的な軍事行動を起こしたかも知れないが　頼朝は・・・用心深く隠忍する体質の頼朝に自分で運命を切り拓くことなど無理だっただろう　以仁王の意思決定は何よりも損得の駆け引きを超えた気品に支えられていたからである　正統性　そして思慮深さ　それは彼が正真正銘の皇子であったからであり　彼以外の誰にも出来ることではなかったのである

以仁王のプロフィール

1151年生まれ　父は後白河天皇　母は閑院家藤原季成のむすめ成子　ごく幼児期に比叡山に預けられる　祖父鳥羽上皇の弟であり天台座主となった最雲法親王のもとで　ゆくゆくは座主となるべく僧侶へのステップを踏んでいたのである　一歳上の兄守覚が仁和寺　一歳下の弟円恵が三井寺に入ったのと同じ一連の流れであった　しかし後を継ぐべく付いていた最雲法親王が亡くなってしまう　このとき以仁王は12歳　出家も遂げていない宙ぶらりんの状態で大きな後見を失って居場所がないところに　叔母の八条院からの手引きがあって突如比叡山を下りて　そのまま元服してしまい　大波乱に突入していくことになる

この元服は近衛河原にあった太皇太后の多子の御所で挙行された　多子は兄である二條院の未亡人である　兄の崩御から4か月　反平家勢力の真っ只中で元服することによって　以仁王の反骨は決定的になる　もう戻れない15歳　大きな覚悟をもって一歩踏み出した　この意思表示が何処までも以仁王の周りに波紋を投げかけていくことになる

以仁王は同時代で抜きんでて能力の高かった人であったと思われる　たしかに正史からは意図的に削除されどこにも見えないのだが　平家物語の書きぶりにおいても　当時の知識階級の人たちの日記からも　彼の本来持っていた貴公子としての気品のかぐわしさが漂ってくる　余

りにデータが少なくて　光が当たらないために全体が曖昧な色合い　ぼけた輪郭になってしまっているだけで　輝きがあったことは明白なことである

以仁王の母の実家　藤原北家の閑院家は美男・美女の家系として有名だった　閑院は母の実家であると同時に父方の祖母の待賢門院も閑院の出身であり　その父の公実も美男で鳴らしたもっとも美の基準なんて甚だ曖昧なモノではあるが　法則性はありそうである　例えば長身で目鼻立ちがくっきりしていて色白で　声が明るく良く通るというようなこと　つまり大勢の中でひときわ目立つ存在であること　注目され愛されるのが美男・美人の当然の流れであろう

そのうえに閑院の系統は芸術的天分に恵まれた人も多かった　じっさい祖母の待賢門院にもその血を色濃く継いだ父の後白河においても音楽の才能は抜群のものがあり　後白河の声の良さは今様という特異な世界への彼の終生の執着を生んだ　そうした才能が以仁王に受け継がれたとしても何の不思議もない

そのように極めて優秀な以仁王だが　その優秀さゆえに居場所を失っていくことになる　以仁王をひそかに担ぎ出そうという反平家勢力の水面下の誘いと　そういう勢力を根こそぎ潰してしまおうと　あからさまに介入してくる平家に睨まれて動きを止められている　心を押し殺して過ごしている状態であるが　心の中は爆発寸前の臨界に達していたのは間違いのないところであろう

第4章　以仁王の遍歴　その①「平家物語の真相」

人間そもそもの苦境は生まれ落ちた場所との闘い　せっかく飛んでも屋根瓦のあいだに挟まってしまったタンポポのように　誰しもが　自分では選べない環境で芽を出して生きるしかない
戦うしかないのだ　貴賓の家に生まれたといったって同じこと　気構えとか心構えとか　そんな問題ではない　与えられた場所でせいいっぱいがむしゃらに　自分を生きていくしかないのだ

事件のはじまり

さて以仁王の状況は厳しいものだった　たかが臣下の清盛ににらまれて親王になることもできないでいる　そうした行き詰った状態にあった以仁王のもとに　ある夜　源氏の長老である

源三位頼政がやって来たのが1180年4月9日の夜更けのこと
そこで頼政が言い出した前代未聞の煽動の言葉というのが
「貴方様は天照大神四十八代の御末裔　現の後白河法皇の第二皇子ですから　皇太子にも立ち帝位にも即くべきお方なのに　皇太子どころか親王にすらなれないまま　ことし三十歳になられる　情けなくは思われませんか　平家は栄花が身に余り　悪行が長年にわたり　天の責めは既に達し　人望はもはや離れています　今こそ急いで令旨を下されて　早く源氏等をお呼びになるべきです　私も老齢ですが子息・家人が大勢あり　引き連れて戦う所存です」
そのうえで頼政はこの平家の横暴に耐え時を待っている諸国の源氏のリストを示し　令旨をお下しになれば昼夜を問わず群がり上り　平家を滅ぼす事に時間はかからない　そしてご即位のあかつきには　源氏共は末代まで守護いたしますと上奏したのである
平穏に時を暮らしていた以仁王に突然もたらされた「平家打倒」という大テーマ　これは問題が大きすぎると考えた以仁王は即断しかねて　箏の師匠でもあり占い師としても当時名高かった中御門家の伊長に相談したところ　伊長も「天皇になるべき相が出ていますから諦めたりなさらないように」と云い　以仁王も「そういうタイミングが来たから頼政もそう申したのか」と大胆になって側近の散位宗信に命じて令旨の作成に取り掛かったのである

令旨の内容とは？

その令旨の文面は非常に熱のこもったモノであった　次のような内容である

「清盛とその息子宗盛らは、武力や財力によって凶徒を寄せ集め、国を滅ぼし、民を苦しめ、国の端端までを略奪した。後白河上皇を幽閉し、大臣らを流罪にし、命を取り、身を流し、淵に沈め、牢に押し込め、他人の財物を盗み、諸国を私物化し、官職を奪い取っては、勝手に授け、功績のない者に賞を与え、無実の人に罪を着せた。ある時は諸寺の立派な僧を召し捕り、修学なかばの僧徒を獄につなぎ、ある時はまた比叡山に蓄えられた絹や米を引き出してきて、謀反の徒の衣食としてあてがった。正しい王統の支配の伝統を破壊し、立派な指導者を斬首し、天皇権に反逆し、仏法を破滅させたことは、未だかつて無かった暴虐である。こと此処に至り、天地はことごとく悲しみ、臣民はみな深く憂慮している。そこで、わたし最勝王は後白河上皇の第二皇子として、あの英雄・天武天皇のおやりになった正道に学んで、皇位を奪った無法者めらを追い詰め討ち滅ぼすつもりである。ただ単純に人の勢力結集を図るだけでなく、天の佑けを仰ぎ念じている。これによって、もしも帝王と神仏の力が集えば、それがたちまち天地のあらゆる力を合流させて佑けてくれることに間違いはない。ということで、すべての源氏、すべての藤原氏、さらに全国の全ての勇気あるものは、この追撃に結集せよ。これに同意できない者は、清盛法師の同類とみなして「死流追禁」の罪を追及する。逆に勲功のあった者は、まず諸国の使節にその旨を伝え、把握しておいてもらえれば、わたしの即位後に必ず望みどおりの褒美を遣わすことにする。諸国よろしく承知し、宣に依ってこれを行ふべし。」

さて仲綱はこの熱い令旨を諸国源氏へ早く齎すべく使者として偶々熊野新宮から上京して滞在していた故六条判官源為義の十男・新宮十郎義盛を呼ぶ　義盛は使者となるに際して八条院の蔵人となり名も行家と改める

行家は出発したった一人で潜伏隠密行動をしながらまず伊豆の頼朝を訪れる　このとき頼朝は正装して使者を迎え行家は恭しく「令旨」を捧げ　このセレモニーの後に甲斐や信濃の源氏に触れ回って行くことになる　ことは順調に進むかと思われた

ところがイキナリ発覚

以仁王が「打倒平家」の令旨を発し　全国の源氏へ伝える活動は極秘裏に進められているはずだったのだが　この隠密行動の張本人であった行家が　あろうことか自分の本拠地である新宮に「準備を進めて置くように」と言い残していたのだ　なんと不用意なと思うけれども　悪意の欠片もないこの素朴な武人　海に晒されて育った男のせいいっぱいの武者震いである　それが同じ熊野の本宮に察知されて清盛の耳に届いてしまう　清盛は聞くやいなや大軍を率いて福原から上洛して以仁王を流罪にすべく処置をとろうという動きになった　5月10日の早朝のことである　しかしこの時点で清盛は「令旨」を武力の裏付けのない単なる作文と考えていて検非違使によって以仁王を「からめとって土佐の畑へ」流刑にせよという事になった　そこで清盛の義兄の検非違使別当の時忠が以仁王の捕縛に　武力実行の中枢であった頼政の養子の源大夫判官兼綱を任命した　頼政一党が加担しているなどとは夢にも思わずに

そして5月15日夜がやってくる　以仁王が皇族のままでは具合が悪いから　源以光と改名させて臣下の身分に落としておくという念の入りようである　その上で兼綱の率いる検非違使の武装部隊が以仁王邸を取り囲み捕縛しようという流れだが　この動きは兼綱から父頼政へ逐一報告される　そこで頼政は以仁王に使者を送って三井寺に即刻逃げるように促すことになる

危機一髪女装で逃亡

5月15日の夜　以仁王は雲間から顔を出す満月を眺めている　漠然とした不安なんかではない　令旨というものを出してはみたもののその先の反応はない　いっそ取り返しのつかない軽挙だったとは考えたくはないが　この先どうしたらいいかという不安は募る　ハムレットのように皇子の心は揺れている　そこへ頼政の使者が書状を手に慌ただしく駆け込んでくる

「あなた様の謀反は早くも露見してしまいました　役人どもが逮捕に向かいましたので　すぐにお逃げくださいい　三井寺でお待ちしています」

と書かれている　頼政からの要請である

「えッ　これはどうしたら・・・」

呆然となった以仁王にたまたま居合わせた長谷部信連という屈強の若武者が

「大丈夫ですよ　女装してお逃げになればいい　あとは引き受けます」

以仁王はこの言葉に勇気を得て　髪をバラバラにして女性の外出着を纏い　女性用の編み笠をかぶりすぐさま大通りを北へ向かう　途中に大きな溝があり　慌てていた以仁王はそこを飛び越えてしまう　見ていた通行人が　はしたない女だと不審げに言う　ひやひやしながらも以仁

王は一段と足を速めて逃げていくのである

以仁王は一枚残された肖像画だと30歳にしてはでっぷりと貫禄のある人生を為し遂げた中年男の顔である　信じられないと誰もが思うような一枚である　ところで以仁王の母は閑院家の出身である　父の後白河も母は待賢門院だから同じ閑院家である　前にも書いたがこの閑院の系統は美男美女の家である

この逃亡のシーンで見る限り　以仁王は美しい人でなければならない　女装で逃げろというのはビジュアル的には究極の指示である　よくよく考えてみれば　ふつうの30歳の男が女装したら大概コメディになるだろう　それがスッとできちゃったというのはもう美しかったというただそういうことになる　体も大柄ではない　華奢で品があって瀟洒だったと思う

そういう人が夜道でヒラリと溝を飛び越える　見ていた者に「はしたなの女房の溝の越えようや」と呟かれてお付きの宗信がビビリまくるんだけれども　大股で溝を超えても　女性であるってところは疑われていない　この溝マタギのシーンは絵になる　これに続く信連の孤軍奮闘の　英雄感まる出しの男のカッコよさと併せて　ワクワクする圧巻の部分である

信連の大活躍

さて信連だが　以仁王を送り出した後で女房たちを避難させ　戦闘に備えてその辺りを片づけていると　以仁王が日頃から大切にしていた「小枝」という笛が忘れられているのに気付く　大切な笛である　直ちに全力で追い付いて手渡すと　以仁王は感極まって「自分が死んだらこの笛をお棺に入れてくれないか」死を予感して思わず漏らした言葉である　そして「このまま一緒に付いて来てくれないか」と仰るのに対し　信連は「逃げたとは思われたくない」存分に打ち破って必ず追いかけますと走り戻る

そしてその夜　平家から物々しい三百余騎が押し寄せる　その指揮官は兼綱だからそもそも以仁王が逃げたおおせたことは知っていたのである　それでも押し入ろうとするのを信連は許さない　まさに一騎当千たったひとりで大軍を相手にする　この夜は雲間から有明の月が出たり入ったりと照明は不安定　屋敷に詳しい信連は不案内の敵を追い散らす　ここの長廊下に追いかけては斬り　あちらの隅っこに追い詰めては斬った　散々に切ったがやがて取り囲まれてやるべきことはやったと笑って捕虜になる

この勇猛な信連が防いでくれたおかげでその夜の以仁王は無事に逃げおおせたのだった

三井寺に立て籠もる

夜通しイバラや藪を掻き分けてようやく三井寺へ到着した以仁王は疲れきって言う
「自分など生きていても意味がないが　それでも命が惜しいので　こうして皆さんを頼りにして来ました」　三井寺は一つの判断の岐路に立たされた　謀反人となった以仁王を守るという決断は簡単ではない　平家との完全な敵対の表明となれば　三井寺自体が滅亡するかも知れない　選択を迫られたが抗戦論が打ち克つ　今こそ清盛の悪行を戒めるべき時だ　仏も神もご加勢くださるに違いない　以仁王を守ることに決定した
しかしもしここに平家の大軍が押し寄せればまったく勝ち目はないのは明らかなので　まず作戦として比叡山延暦寺と奈良の興福寺へ書状を送って団結を呼びかけた　大寺院が横断的に結束して多少なりとも脅威を与えることができると考えての事である　しかし足並みは揃わない　延暦寺は長く父後白河と対立していて相対的に平家寄りの位置取りだったという事情がある　三井寺は延暦寺から出たんだから対等ではない　偉そうにという本末の意識もある　そこに清盛は大量の米と絹を寄進して三井寺に味方しないように働きかけていたのである
もう一方の興福寺からは信救得業（しんぐとくごう）という反平家派の学僧が書いた熱い返書が届き　東大寺をはじめ南都の諸寺院にも協力を呼びかけているとのことだったが　奈良は

遠く　動きも緩慢で　そうしている間にも　平家は着々と三井寺攻めの陣容を固めてくる

ところが22日夜　この三井寺攻めの陣容が固まった平家に激震が走った　攻め側の最重要メンバーである頼政が突然三井寺へと走ったのである　ここまで隠密を保ってきた頼政が覚悟を決めて近衛河原の自邸に火を放ち　三井寺の高倉宮に参じたことが電撃のように伝わった　人数は『山槐記』『玉葉』では50騎ほど　以仁王一人に総がかりの様相の平家だが　実際の武力は頼政一党であったのだから　この寝返りは平家の中枢部に相当な衝撃を与えたのである

永の僉議（長い会議は意味が無い）

頼政一党が合流して来た　機運が高まった　余裕もできたはずの23日の夜に　三井寺では「永僉議」（ながのせんぎ）があった　起死回生の一発大逆転の決死の作戦を実行しようと頼政が皆を集めて説いた内容は『源平盛衰記』に細かく叙述がある　要するに六波羅への夜襲である　先ず部隊を二手に分ける　老僧や稚児らが如意が岳から六波羅の搦手側の民家に火を放って平家の軍兵を引きよせる　これは陽動作戦　その隙を見て主力部隊が六波羅に打ち入って火を放ち清盛・宗盛を討つというもの　搦手に向かう老僧部隊の大将を頼政が　大手にむかう中心部隊を率いるのが伊豆守仲綱である

勇猛な知将である頼政・仲綱・兼綱らが当然さまざまな戦術を検討したうえで　これしかないと満を持した作戦である　絶対的に劣勢の兵力でいかにして最大効果を上げ得るか　有効な打撃を平家中枢に与えうるかという検討の結果である　武断の専門家である頼政一門の主導の下で本当に果断に実行されていたら戦局は大きく違っていただろうがうまくいかなかった　まず長老の乗円坊阿闍梨慶秀の演説が長かった　それから僧侶の世界らしい理屈理念が飛び交って収拾がつかない　そこで痺れを切らした円満院大輔が「ゴタクを並べているうちに五月の短夜が明ける」と言ったのでようやく「もっともっとも」と動き出したのだが　如意が峰の闇が暗くて搦手部隊がなかなか進めなかった　そして本隊の方も塀や柵を越えるのに手間取ったりしているうちに夜が明けた　結局時間切れで中止を余儀なくされたのである

僉議をする僧の中に意図的に話を引き延ばしのらりくらりする者がいたからだという　その反動僧とは「一如坊阿闍梨真海」である　その後おまえの所為だとリンチを受け瀕死で六波羅に逃げ込むが　六波羅にいた数万の平家軍からは無視され　却ってスパイ扱いをされたというこんな者一人の為に歴史はどれ程無駄な血を流したかと思えば記憶に留めておくべき名前かも知れない　進行が遅れたというのもこうした存亡の秋に天が味方してくれなかったという悔しさ　残念さがこの「永の僉議」という表題に苦々しく現れている　作戦が未遂に終わり　打つ手がなくなった以仁王は南都興福寺へ拠点を移すしかなくなってしまう

宇治川の合戦　頼政一党の死闘

その5月23日の明け方　以仁王は馬に乗せられて奈良へ出立する　しかし焦燥と疲労で宇治川を越えるまでの間に6回も落馬してしまう　その様子があまりにも痛ましいので平等院へ入って以仁王はしばらく睡眠をとる　その間　頼政たちは平家軍の来襲に備えて　宇治橋の横板を剥がしにかかる　これで少なくとも騎馬は渡ってくることが出来なくなる

剥がし終わったところに　平家の大軍が追いついてきて橋を渡れず騎馬のまま川に落ちて溺れるものがある　川を挟んで矢を射かけ合い合戦が始まる　騎馬を降りて身一つで欄干を渡って来る敵兵を橋上で迎え打つ浄妙法師　その浄妙の上を飛び越えて更に前線に出る一来法師　飛び来る矢を次々に払い落とす矢切の但馬など　戦いは激しく膠着する中で　17歳になる関東武者の足利又太郎忠綱が馬筏を組み川を渡り切ったのを契機に平家軍は勢いを増す

その後の平等院前での戦闘は熾烈であった　次々と川を渡ってくる平家の大軍　多勢に無勢しかし頼政勢の抵抗は激しくわずか五十余騎でも全員が死を顧みない奮戦ぶりであった

頼政も77歳の老躯ながら奮戦したが左の膝を射られて重傷を負う　次男の兼綱が父を守ろうと駆けつけたが多数の兵に囲まれ父の眼前で討たれてしまう　長男の仲綱も重傷を負って釣

殿の上で自害して果てる
ここで頼政は辞世の句を詠んだ
　埋木の花咲く事もなかりしに身のなる果てぞ悲しかりける
（長く埋もれてきた木に花が咲かぬように私も悲しく死んでいく）
そして刀に身を貫かせて自害し渡辺唱がその首を宇治川に沈めた　このようにして戦闘は終了し　頼政の一党のほとんどがここで落命してしまったのである

平家物語による以仁王の最期

いっぽう以仁王は防戦を頼政一党にまかせて　三井寺の僧たちと一路奈良に向かって逃げていく　以仁王の一行はわずか三十騎という　そして光明山寺の鳥居の前で平家軍の藤原景高の一隊が追い付いて来て以仁王をめがけて雨が降るように大量の矢を射かけて来る　以仁王の左の脇腹に一本の矢が突き刺さり落馬した所を駆け寄った武士に殺されてしまう　ここまで付き従って来た三井寺の僧たちは「こうなったら、もう、何のために命を惜しむ必要があろうか」と叫んで奮戦し全滅してしまう　しかしこの時　興福寺の武装した僧侶七千人が　目前まで迎えに来ていたのだという　そして「以仁王は、すでに討たれた」という悲報に接し涙にくれたと

いうことであった
　そして翌27日、戦後の沙汰に関する会議が朝廷で長々と開かれたという事になっているが頼政　兼綱など多くの武将の死は確認されたが　「以仁王は行方不明」という状況であった
　本人の行方はつかめない　それなら首など出て来る筈は無いではないかと思うのに　首が都に運ばれて首実検されたというのである　公的役職もなく人前に出ることもなかった方であったためにその容姿は人に知られず　適当な実検人が見当たらなかったため様々な人が駆り出されたという　その一人はかつて以仁王の治療をしたことのある医師でありもう一人は以仁王の妻の一人だった　しかしこの呼び出しに医師は大病と称して応じず　以仁王の妻のほうが一目見るなり泣き崩れたので間違いなく本人だという事になったという　実に曖昧で杜撰な展開ではないか　遺体は実際には見つからなかったと言いながら　さっさと検分され処置が付いてしまったことも　むしろ以仁王の生存と脱出を裏付けるというのが私の推理である

以仁王を祀る高倉神社(木津川市山城町綺田神ノ木)

平家物語で以仁王の終焉の地とされる「綺田河原」

第5章　以仁王の遍歴　その②「奇跡の大脱出」

平家物語を読んでいると　以仁王の動きは　宇治まではリアリティがあるが
その先はトーンが変わって　見て来たような嘘のような
曖昧模糊な想像画面になっていることに気づく　つまり誰も見ていないから
でっち上げるしかなくなったような物語に変わっている
それは其処から激しく展開する「以仁王の絶命のシーン」でも
さらに「首のない骸の運搬」「杜撰な死亡検分」と続くどの瞬間でもそうである
明らかに辻褄合わせのツクリモノに見える　見れば見るほどそう見えてきて
納得できないことばかりが浮き彫りになる

脱出作戦の全貌・・・

真実を知りたい　普通に考えるだろうことを積み上げて推理したい　まず以仁王は奈良を目指すことを早い段階でやめたはずだということ　理由は単純で奈良がアテにならず信じられないからである　三井寺はよく寄り添って一緒に頑張ったが既に臨界点に達している　宇治で追いつかれて頼政の軍は死闘を繰り広げている　しかしこの期に及んでこれほど目前まで来ているのに興福寺はウンともスンとも動かない　何千もの僧が居るはずなのに動く気配がない　だから以仁王と三井寺の僧たちは見切りをつけることにした　奈良に向かってもしょうがない

東の山に逃げ込もう　奈良に向かっていると思わせる陽動部隊と二手に分かれて行こう

その究極の判断は　井出の湧き水を呑んだ地点で行われたのだと思う　三井寺から此処まで供奉してきた俊秀らと　そして橋合戦で華々しい働きをしたあとで追いついてきた浄妙らがその場で以仁王を囲んで急遽役割の分担をした　このまま一団で進んでいても利はない　敵を撹乱させなければならない　道をよく知っている山伏が合流していた　山伏たちに以仁王を紛れ込ませて山に逃げ込む本隊と　平家の追っ手をシンプルに陽動する別隊に別れようという分掌が決められた　別隊はあたかもそこに以仁王がいるかのように大きく目立ちながら　平家がせいぜい予測する経絡上で逃げていればいい　これは当然の判断であった

後日語られた不思議な話がある　この別隊には「菅冠者」と云う以仁王と背格好の良く似た若者がいたという　まるで意図的に影武者を配したというかのように　話が出来過ぎていて信じ難い　仮にそうだったとしたら平家軍は現場でこれほど慌てはしなかったと思うからである　その別隊を本隊と信じ切って殲滅してみたところ　居る筈の以仁王が見当たらぬいうことで混乱した隊長の藤原景高が大慌てで辻褄合わせの収拾に突入したのが平家物語の混乱の背景なのだから　初めから以仁王らしき者がいたならこれほど錯乱する筈は無いのである

ともかく機略として分隊作戦が成功したというのが私の概ね納得できた流れで　三井寺の僧たちは追って来た平家軍と綺田の光明山寺の鳥居の前で奮戦して全滅したのである　戦後屍体が早々に確認された日胤などは平等院で戦っていたのであろう　他の僧たちもそういうそれぞれの役目を張り切って全うした節が随所にみられる　平家物語であれほど奮戦　散華が伝えられるのに　爾後の行方の判然とせぬ者が多いのはこうした事情に依ったものだと納得がいく

一方で　本隊のほうは目立たぬ形で以仁王を含めてせいぜい４，５人の精鋭部隊で山に分け入った　腕自慢の僧たちが陽動隊で派手に莞爾として死に就いている裏側で以仁王は逃げ切った　まんまと平家は出し抜かれ　その体たらくが平家物語に残った

山ゆき海ゆき・・・

この脱出を先導したのが伊賀の山伏たちである　後に忍者にもなって行く伊賀・甲賀・信楽の複雑な山道に詳しい山の者たちの案内で　最短路を取り伊勢湾を目指し　到達したのが阿漕ヶ浦　現在の津市である　そこから伊勢湾に漕ぎだす船を出したのはこのあたりの海を縄張りにしている熊野新宮の者たち　令旨を運んだ源行家の縁者たちである　そうした山と海のパワーに支えられ　以仁王は舟に乗り込んだ　そして南の新宮方面ではなく伊勢湾を突っ切って東へ向かった　まず浜名湖に向かう　新宮に引っ込んで隠れても追っ手は来る　先の手詰まりは見えている　それならばいっそ一気に安息できる猪鼻を目指そうということになったのである　浜名湖の奥にある猪鼻湖というラグーン　ここはかつて頼政の知行地であり　鵼退治のアシストをした第一の子分猪野早太が今も居を構えている

ここで猪野早太と郎党を載せ　夏の黒潮に乗って沿海を進み　今度は駿河の国を目指すことになる　そこは駿河の安倍川の河口から少し入った支流の藁科川を少し上ったところにある「服織荘」である　もともと帰化人の秦氏が入植して古代から養蚕業が営まれてきた場所である　ハトリとは機織りということで　ハタ氏ということとも繋がる　ここは八条院領であったがやがて熊野新宮に寄進され今では新宮の東国における拠点となっている　八条院と新宮の絆

の根幹である　以仁王は八條院の猶子なのだからここは本来彼の継ぐべき所領なのであったが前年の清盛のクーデター以降は平家の勢力下にあり　清盛の弟頼盛の知行に付け替えられてはいるが現場の荘官たちはそんな平家にくみするわけがなく以仁王が行けば　ご領主様が来たと歓迎されるし不都合な記録になど残る筈がないのである　それでも長居は出来ない

以仁王はともかく英気を養った　そしてここから山づたいに内陸を潜行することになる

駿河から甲斐へ

その最初の難関が刈安峠である　現在は地図にも載っていない地元の人や登山者にしか知られない峠である　位置としては安倍川の上流の東側　静岡と山梨の県境　駿河と甲斐の国境の身延山地に属している　安倍川は河口近くでは多少川幅があるものの　もともと急峻な山間を流れ落ちてくる川なのであり　少し遡れば両岸に山が迫り峡谷の様相を呈し　一番奥が強アルカリの掛け流しの秘湯　梅ヶ島温泉である　この途中の入島地区から梅ヶ島地区に入る梅ヶ島小中学校のあたりが少し開けていてそこから東に沢沿いに入って行った先に十枚山と大光山（おおぴっかりやま）があってその中間あたりを越えるのが刈安峠である　非常にもろい土質であるのと　フォッサマグナの真上で度重なる地震によって現在は用いられていない

この険しい山道を越えて一行は甲斐国の本郷（南部町）に到着した　そこを治める南部光行を訪ねたという　この本郷の古社若宮八幡宮には以仁王がこの山越えで傷ついて亡くなりこの床下に埋葬されたという伝承が残っている　しかしそれは追っ手を欺くために仕組まれた虚偽と推察され　つまり以仁王がまさしくここを通ったことの証拠となる

一行はこのまま富士川沿いに進み　そこから釜無川　塩川　須玉川　大門川と支流に分け入って行き　そこから野辺山を越えて千曲川の水系に入り　佐久の手前を東の山に入り下仁田を経由して富岡の一之宮抜鉾神社に参詣をしたのである　この時にこの一之宮の明神が老翁に姿を変えてこの先の道中を守護するという話が先の会津行脚の宮沢村のところに出て来ることになる　以仁王の夢枕に現れた白髪の老翁が「われは抜鉾大明神　老翁となりて道中を守護してきたが今後は安全と思われるので上野国に立ち戻る」と言って村はずれの大杉から昇天して戻られたという話につながっていくのである

この富岡から以仁王一行は沼田街道に入り　片品村を通って尾瀬　沼山峠を越えて奥会津に入っていくことになる

小国に頼行がいないことを知りながらなぜ向かったのか

ところで気になることをひとつ述べておく　以仁王の目指す小国であるが　ここに頼政の弟の頼行がいるからそこを目指して行け　というふうにどの本にも書いてあるが　頼行は２０年前に死んでいることは誰もが知っている　オカシイとはじめから思わなければならないいけないんだがどう考えても有り得ないと分かっているこのことをワザワザ言うのだから　そこに意味があるんじゃないかと　この違和感を逆に勘ぐったのである

逆に考えたらいいんだと　頼行がいない　とっくに死んでいることは周知の事実　それでも頼行を頼れというのがここは大切なのだと　頼行がいなくてもそこには強いシンパシーが残っている　だから行くんだという風に考えたらどうだろうかと

平家物語で頼政に寄り添って大活躍をして　父を助けようとして結局戦死してしまった兼綱は頼政の次男と紹介されているけれども　じつはこの頼行の嫡男なのであって父の死後伯父の養子となったのである　もし生きて居たら一緒に挙兵して指図をしてくれていたかも知れない父　その父の名代として戦闘に参加し役目を果たした息子の兼綱　小国は彼らの故地である

ここに向かえということは其処に以仁王を迎えるエネルギーが現存しているということを暗に言っているのである　頼行はとっくにいなくても　そこに残存しているパワーがある　これ

はイノハナのところに猪野早太がいたというのと同じように　放り出され四面楚歌の状態で身を捨てた時に浮かんでくるぎりぎりの場所として認知されている
これこそが本当のシンパシーというものである　たとえ無力でも相手に同情できる人間のいる場所　最終的に行くべきだと思った越後の小国はそういうところ　そういうふうに目指されたところだったということ　たしかに切ない絶望の果ての旅かも知れないが　だからこそ以仁王はこの命の旅で　たくさんの良い者たちに出会えたのである
思い返せば三条の屋敷にたまたま居合わせただけの長谷部信連　死を賭して一緒に戦ってくれた三井寺の僧侶たち　伊賀山中の山伏たち　海路をいざなった熊野新宮の水軍　羽鳥の八条院領の人々　さらに甲州　信州　上州の山伏たちと途中の村々の心優しい人々
そしてこの先の会津でも　土地の山伏　行者である龍王院が待っている　そして村々の村司や村人たちもまた以仁王の命運を受け入れてくれようとしている
向かう会津にはマイナス要素もある　慧日寺の乗丹坊という男　厳しい時代であるから寺も武力を持たなければ生きられない　そういう闘争行為そのものの指導者である乗丹坊が　平家傘下の地方豪族である城氏と婚姻関係を結んでいる
以仁王がなんでそんなところにっていうお話ではない　それはひとつの極限　よくよく考えると他に選択肢が無かったわけである　もっとありていに言えば利害関係だけしかないような

殺伐としたところで追い詰められてきた以仁王が今信じられるのは　目の前の人間がどんな心を持った人間なのかっていうただそれだけ　もともと以仁王自身は政治的野心とか闘争心とかいうような　そういう感覚をてんから持ち合わせていない　彼はただ自分の正義で動かざるを得なかった　動かないでいられなかった　その正義を確認しあう相手っていうのが　これも正義として動かなきゃいけなかった頼政であり　ものすごくピュアな結びつきであった　この二人にはピュア以外はいらない　ピュアというのはもちろん　理念的なピュアもあるけど　もう一つは人間と人間の接触のピュア　純真さ　善良さ　あるいは喜怒哀楽　何に喜ぶか　何に涙が流せるか　ただその相性っていうこと

以仁王のそういうところに　ぴったりと感応してフォローしたのが山伏のネットワークであろう　その拠点を巡る旅であっただろうと　そういうふうに私は考えている

高倉宮会津紀行巡路図

以仁王は地図左下の尾瀬沼から入りまずそのまま北上した
最終目的地は越後の小国城なのだから八十里越えをしなくてはならない
とすると普通に考えれば山口のあたりから宮床～界～和泉田方面に行くべきだが
そこから真逆の駒止峠を越えて東に向かったのである
その行程はひたすら「大内」を目指しているようにしか見えないのである

第6章　以仁王の遍歴　その③「会津彷徨記」

以仁王の話は「会津正統記」「高倉宮御伝記」「高倉宮会津紀行」など諸本が奥会津の多くの旧家に残されているが　大筋は同じであり次のように要約することが出来る

①「高倉宮以仁王が源三位頼政の勧めに依って謀叛を起こす」

②「宇治で追い詰められてしまうが足利又太郎忠綱の情けによって一命を助けられる」

③「小国頼之（頼行）を頼みに越後を目指して落ち行く際にこの会津を通過する」

会津旅のスケジュール

7月1日。以仁王一行、沼山峠を越えて尾瀬ヶ原に入って来る。

8日。ここまでの間に随行の尾瀬中納言が亡くなる。

9日。桧枝岐村に入る。参河少将が亡くなる。村司勘解由こと嘉慶宅に一泊。

11日。大桃村に入る。村司九郎右衛門宅に泊。

12日。尾白根（宮沢）村に入る。村司権蔵宅に泊。

13日。大新田村にて昼食。入小屋村に入る。太郎右衛門こと多門宅に泊。

14日。田島村に入る。弥平次宅に泊。

15日。楢原村与八宅で休む。倉谷村三五郎宅で昼食。山本（大内）村戸右衛門宅に二泊。

17日。高峯峠越え。風雨強く再び山本村に戻る。

18日。高峯峠で石川有光の軍と戦う。山本村に泊。

19日。山本から戸石村へ。村司五郎兵衛宅に泊。

20日。高野馬頭小屋。藤介宅に泊。

21日。針生村に入る。村司七郎兵衛宅に泊。

22日。駒止峠越え。入小屋村。村司多門宅に二泊。

24日。山口村を経て稲場（宮床）村小三郎宅で休む。

井戸沢（界）村に入る。村司十郎左衛門正根宅に七泊。

8月1日。乙沢、長浜を経て楢戸村龍王院に泊。

2日。叶津村に入る。村司讃岐宅に泊。

3日。八十里峠越え。御所平にて泊。

4日。吉ヶ平に入る。吉蔵宅に泊。

5日。越後国加茂神社前にて小国城主の使いの者に合流し小国城へ入る。

以仁王に随行したメンバーの一覧表

①尾瀬中納言藤原頼実卿（大納言藤原頼国の弟）
②参川少将藤原光明卿
③小倉少将藤原定信卿
④乙部右衛門佐源重朝（頼政末子）
⑤田千代丸（童名）
⑥良等（頼兼改め）
⑦渡辺長七唱（とのう）
⑧猪野早太勝吉
⑨西方院寂了（長谷部信連の一族）
　それに加えて北面の武士１３名
この中で特に重要と思われる何人かの人物について簡単な説明を付しておく
◆乙部右衛門佐重朝は頼政の子というが他の諸文献には見いだせない　しかし系図に名の漏れることなどはふつうにあり得ることと考える　また一行を追って来て大内で逝去する桜木姫はこの右衛門佐の妻であることも注目に値する

◆もう一人の頼政の子頼兼は実在の明瞭な武人である　4年前の1176年にはかつて父も勤めていた八條院の非蔵人で五位だった事が分かっているが　この以仁王事件では鳴りを潜めているものの　その後は頼朝の側近として吾妻鏡に頻繁に出てくる人物である

父頼政の蜂起という一大事に息子の頼兼が独断で鳴りを潜めている筈は無く　当然家長たる頼政の指示として仲綱・兼綱は一緒に戦い死ぬ役目　頼兼は血脈を繋ぐため残るという役割分担があったからこその潜伏だと思っていたが　こうして以仁王の逃走に随行しているということになると　表層には出ないが一枚裏に居て以仁王逃がしに加担したと考えられる

頼兼の吾妻鏡への再登場は1183年である　以仁王事件とその後の3年間にアリバイが無く　それ以降は大きな役割を振られていく背景が此処に在ったということである

会津での頼兼は良等と変名を名乗って特に逸話もなく　乙部右衛門佐と長七唱の陰に隠れて存在感を消している　長七が主君頼政の名代である頼兼に遠慮なく出しゃばるとも思えないので不思議であるが此処で一つの仮説を述べておく　良等という名前が　良等＝郎党　すなわち一兵卒というような印象を演出した変名なのではないのかと　そして頼兼はじつは活躍する乙部右衛門佐と同一人物ではないのかという推測　これは今後の課題としたい

◆渡辺長七唱（とのう）は醍醐源氏　頼政の重要な家臣である　平家物語においても「神輿振」でのカッコイイ口上のシーン　そして宇治での頼政の最期を看取るという重大な役目を果

たしている　頼政に介錯せよと言われてそれはとても出来ない　それならばと刀剣に体を貫いて自害した頼政の首を宇治川に沈め隠したあと前線に走り出て奮闘戦死したとされ　山槐記の死亡確定者リストに挙げられている長七唱　その彼が生存していて2か月後に会津に同行しさらに唱ヶ崎（とのうがさき）での大活躍することになる

◆猪野早太は平家物語では仁平年間（1151～54）に頼政が鵼退治をした際にただ一人随行し　頼政の射落とした鵼にとどめを刺したという人物である　遠江国猪鼻湖西岸（現在の静岡県浜松市北区三ヶ日町）を領して猪鼻を苗字としたといわれる　頼政と同族の多田源氏であり「鎌倉実記」には頼政の父　仲政の養子とあるので頼政の義弟であり　ごく親密な関係であったのは間違いのないところである

◆西方院寂了は以仁王が三条高倉邸から脱出した際に奮闘した長谷部信連の係累であるとされる　長谷部という姓は奥会津に現存しており　この寂了が途中以仁王の一行から離れ会津に定住することから会津長谷部氏はこの人の子孫である可能性もあるかも知れない

三人の公卿に悲劇が次々と

以仁王の行程を更に細かく見て行こう

7月1日　会津の入り口の尾瀬で　三人の公卿のうちの尾瀬中納言が長旅の疲れから急死してしまう　そのため一行は尾瀬沼の近くの自然塚の形をした岡に埋葬して　以仁王の御筆で「尾瀬院殿大相居士」としたため懇ろに葬送したという　その時からそれまで長沼とか鷲ヶ沼と言われていたこの沼が尾瀬沼と呼ばれるようになったといわれる

9日　一行は尾瀬を後にして桧枝岐方面に向かう　標高1784メートルの沼山峠を越えたところで矢櫃を降ろして休憩した場所は後に矢櫃平と呼ばれるようになった　その場所で今度は参河少将光明卿が倒れてこちらも　そのまま逝去されてしまった　道の横の小高い場所に塚を作り　御筆で「参高霊大居士」と書かれて旅の不自由な環境の下でも精一杯葬送がとり行われた　その後この沢を参河沢と呼ぶようになり　それが何時の頃からか実川と呼び変わって今日に至っているのである

その夕方に桧枝岐村に到着　村司の勘解由宅で休まれる　その憔悴のご様子に村に生ってい
た梨を差し上げると大変美味しいと幾つも召し上がられたものを「御前梨」と呼んだという
そうして勘解由宅に2泊　やっと人心地が付いたのである

11日、大桃村に移動　ここで一人残った貴族の小倉少将定信卿が足を挫いて歩行困難となってしまう　小倉卿はご迷惑を掛けられないと悩み　この地に残り剃髪して僧侶になった　その寺は大桃山滝巌寺と名付けられ16世紀に廃寺になるまで続いたということである

12日　宮沢村の村司権蔵宅に宿泊　その夜以仁王の夢枕に白髪の老翁が立ち「われは上野国の抜鉾大明神である　老翁となってこれまでの道中を守護してきたが　この先は安全と思われるので上野国に立ち戻る」とのたまわって、雷ヶ原の大杉より昇天してお帰りになったというのである　夢のお告げの翌日に一行は抜鉾神が昇天したというその大杉を訪ねて一宮大明神を祀りになった　その名残りと考えられる一宮香取神社という古社が現在も村内にあり　確かに抜鉾前尊および抜鉾大明神を祭神としている　それにしても「この先は安全と思われる」という予測は完全に外れた訳で　もう少し一緒に旅をして呉れたらどうなっていたのか気になるところである

潜伏せねばならない事情

この7月時点で　令旨からは3か月　さざ波のように水面下で諸国源氏に平家打倒の意識が浸透していたとしても　頼政と以仁王はフライング同然に宇治で敗死したと世間は理解している訳だから　緊張した拮抗状態は各地にあったとしてもまだ頼朝も義仲も源氏の誰も動いていない状態であり誰しもが息を潜めて様子を見ている状態である

こんな時に以仁王がそれと分かる弁別性の高い形で行動したらたちまち大騒ぎになるのは目に見えている　とにかく隠密行動を心がけて此処まで来たのである　初めからそういう気持ちでなければ伊豆でも木曽でも甲斐にでも源氏の陣営に飛び込めば兎も角も目先の安全は確保できたかも知れない

しかし以仁王はもうそういう政争の具として扱われる気はなく　山城で一度拾った命をまたそういう不安定な状態に晒すことの虚しさが彼をして自然に奥山の道を選ばしめ　ただ黙々と進まれたのである

錯綜と混乱

さてここから以仁王の行路は錯綜する　伝承に諸説が入り込んでいるからである　基本的な足取りとしては１３日に大新田村経由で入小屋村へ　１４日に田島村へ　１５日楢原村→倉谷村→山本村へとなっているが　この１４日の入小屋から田島というコースについて　山口から入小屋を経て駒止峠を越して針生→田島という流れがごく一般的な経路である

だが　それと明らかに矛盾する大きく南を迂回して　中山峠を越して田島に入るという別説が物語に嵌入していて　それが田島で輻輳する形になっている　南進して森戸→八総→高杖原から中山峠を超えるコースである　これは駒止峠と中山峠のどちらを越えたかわからないと別説を併記した形だが　中山峠を迂回するスケジュールには無理があると思う

しかし南行大回りをしてわざわざ戻るような動きをしてまで中山峠を越えた説明がある　この直前の１２日の尾白根村に滞在していた時に　村司権蔵の親戚の大新田村の権八という者が来て　柳津村に平家方の石川冠者有光という者が居て以仁王が六十里越え若しくは八十里越えをなされば待ち伏せて襲撃する　その準備しているということを伝えて来たというのである

それなら進路を変更して黒川（若松）から津川（新潟）を経て小国に向かう事にしようという

ことになったというのであるが　この決定は方角的におかしい　石川某の本拠が柳津ならば黒川に近接していて　そこから津川にぬける阿賀川沿いの方が襲撃されやすいからである

それにこの権八の注進によって進路が変わったというのなら一行は初めから六十里越え・八十里越えを目指していなければおかしいのに　そうしていない　そのつもりだったのがこの権八情報で急遽東進を決定したというのなら　南に回る理由が分からない　急ぎ駒止峠を越えてもいいわけである　まずどのように襲撃してくるのかも見えないし　どちらの峠を越えても結局は北上して黒川に向かわなくてはならない訳だから　目標の小国は真西なのに　東↓北↓西↓南と文字通り右往左往する意味が不明である　ただ不安で疑心暗鬼に踊らされるようにしか見えない　結果論になるけれども石川勢はそうして北進する一行を案の定「北から」攻めて来たのだから　じつに間抜けな展開になっている

そうではなく初めから北に行きたかったので東に山越えをした　そういう展開だというのなら矛盾がなくなる　どうしても行きたかった目的地　それが大内村だったのではないかと思えるのである　其処に辿り着いて本拠とする事を一つの目標と定めていたように見える幾つかのこと　現在も高倉神社があり以仁王を祀っているという事実　後から追って来た紅梅御前や桜木姫の墳墓や祠も近くに点在していること　大内とは大内裏（だいだいり）であると以仁王が名付けたという　特別なネーミング自体がまずそれを物語っている

敵陣に天の助けの火玉降る

さて話は前後してしまったが　以仁王は14日に入小屋村から駒止峠を通って田島村に入り弥平次宅に一泊　翌15日は田島を出発し　楢原村与八宅　萩原村渡部丹後宅　倉谷村三五郎宅にて休憩されながら　夕刻には山本村に到着する　村司戸右衛門宅に迎えられ　ようやく落ち着かれて二泊して英気を養われる　この先の北上の行路は危難が多いため　その準備として石川勢の動きについて情報収集をしていたわけである

そして17日　意を決して北に黒川方面に抜けようと出発するが　高峯峠に差し掛かったところで暴風雨となり山本村に引き返す　翌18日　再度高峯峠に向うがこちらの動きを察知した石川の軍勢が百騎ほど栃沢方面より攻め寄せて来るのが見えて万事休すとなる　しかし急に空が掻き曇って火の玉が降りしきって　直撃された石川勢は本郷の方に退却したのである　この奇跡から高峯峠を火玉峠と名付けたのだといわれる

以仁王の一行も山本村に引き返し計画を練り直すが　この時点で北に抜けることはアッサリ断念して　翌日からはもとの八十里もしくは六十里方面に進路を戻していくのである

珍しい夏の椿の咲く下で

19日　一行は大内村を後にして南に向かう　そして倉谷村の分岐をもと来た栖原方面ではなく　西に進路を取り直して戸石川沿いに進んで戸石村に着き村司五郎兵衛宅に泊る

20日、赤土峠を越えて馬頭小屋に到着し藤介宅に一泊　21日は陽のあるうちに針生村に入り村司七郎兵衛宅に泊る　この七郎兵衛はよく以仁王に寄り添い翌日は駒の手綱を取って大峠越えを奉仕したのである　この峠が「駒止峠」と言われるようになった名前の由来は2説あり　以仁王が頂上で「馬でさえ止まる険しい道である」と云われたからというものと山頂から見える風景の美しさに駒を止めて御覧になったからというものである

ともかく入小屋村に入り　せんだって一泊して気心の知れた多門宅に二泊したのである　その時多門が美しい玉椿を御覧に入れたところ

「希なりし高野の山の玉椿都の春に逢ふここちして」

と詠まれたと云うが椿は冬から春にかけての花であるから真夏には咲かない　これはもしかしたら夏椿という種類かと思われる　ツバキ科ナツツバキ属　釈迦が涅槃に入った際に植えられていた沙羅双樹と似ていることから沙羅の木ともいわれる白い花である

おそろしや乗丹坊がやって来る

２４日　山口村を経て稲場村の小三郎宅で休憩　横たわるご様子が病の床に就かれた様であったので稲場村はその後に宮床村と呼ばれる　しかしこの稲場村に慧日寺の総師の乗丹坊が乗り込んで来るということがわかり　警戒して急ぎ隣村に移動したのだが　乗丹坊はその井戸沢村に乗り込んできたのである　「高倉宮御伝記」の記述は奇妙である

「尾岐に勘解由を以て、宮御下りの由を、慧日寺に注進に及び、いずれも御方にて、井戸沢に来り、親王に忠孝奉り云々」前後の文脈も不明瞭なのだが　どうやらかつて一泊した桧枝岐の村司勘解由が　勇み足か不用意か　それとも元々一脈通じていたのか　わざわざ慧日寺に参じて以仁王の会津下りの旨を乗丹坊に注進に及んだのだと云い　その真偽を確認すべく慧日寺のトップの乗丹坊が自らこの井戸沢村に乗り込んで来たのであると云う　しかしもしそうなら「いずれも御方」という言葉を慧日寺も味方であるという解釈をするのは相当見当違いな話である　慧日寺から以仁王へのシンパシイなど微塵も有り得ないからである

この時代の慧日寺は大小三千八百もの夥しい数の僧坊を抱える全国でも有数の隆盛を誇った大寺院であり　寺領は会津四郡の大半に及んでいたと云われ　乗丹坊はその衆徒頭で寺の最高実力者である　そしてこの慧日寺の背後には平家に非常に近い勢力である城氏の存在がある

越後に発祥し先代の城資国の代に出羽の将軍三郎こと清原武衡の娘を娶るなどして大発展した士族で　資国の子である現当主の資永が保元の乱で平清盛に忠勤して　越後　出羽　信濃　会津と勢力を伸ばし　ついにこの同じ１１８０年に清盛から越後守に任じられたばかりである

　この城氏と慧日寺は長く対立してきたが　城資国の妹の竹姫と乗丹坊の婚儀が成立して一気に和解したのが１１７２年のことで　現在は平家支配の下で共闘している状態なのである　その首魁の乗丹坊の出現に対して「いずれも味方」というような暢気な対応が出て来るとは考えにくい　何があったというのか　ここに醸し出される友好的な空気が不思議なのである

　乗丹坊の足場に立ってみると　もし死んでいるはずの以仁王が此処にいるとしたら　匿うなり取り込むなりが出来たら　これは事に依っては大変な切り札に化けるかも知れないとまずは思ったのではないか　とにかく確認に出向くことに損はないと踏んだのかも知れない　豪胆で切れ者の乗丹坊なら迷う前に行動してしまうであろう　しかし世間的には以仁王は既に亡くなり負の評価も固定されている　今更いじれない存在　生かして神輿に乗せることはおろか　殺すことにもリスクが発生する筈　余程の勝算がない限り触れられないというのが正しいであろう　それでも逢ってみたいと好奇心が打ち克った乗丹坊ではなかったのかという想像である

そして以仁王もまた堂々と腹は据わって微塵も揺れる処が無かったのでお互いに察し合ってそっと帰っていったということなのではないだろうかというのが私の想像である

くぐる龍いつの日かまた天翔ける

以仁王はこの井戸沢村に7泊する　その長逗留の理由は記載されないが　前述の乗丹坊の来訪とのかかわりを感じさせる　とにかく月も改まった8月1日　暫く世話になった井戸沢十郎左衛門宅からの出立に際し以仁王の詠まれた歌は「遠方や都も遠き東路に名残惜しくも井戸沢の里」この井戸沢が後に界村と呼ばれる経緯については「これより北は何村か　これより南は何村か」と尋ねられたのでこの村を境にして伊北伊南と呼び分けるようになったのだと云うちょうど京都の高倉宮の隣の堺筋が「町と村」の境界から「堺」と云われたことを思い出されたものであろうか　山の風景に懐かしい京都の想い出を重ね合わせる以仁王の心情は切ない

一行は長浜村を目指して西に進む　途中下山村の欅坂で遠景の村の名前をお尋ねになられたので「あの田んぼの多い村は泉田村」と申し上げれば　その眺めが京都の五条の南の和泉に似ていると仰り「登りつめ和泉境を眺むればここぞ都の京路なるらん」と詠われた　泉田を和泉田と書くようになったのはそれからだと云う　その先の木之崎村は「ここは泉田村の端村です」とご案内すれば「乙の村ですか」と仰せがあり乙沢（おてざわ）と呼ぶようになった

その先は伊南川の左岸をずっと進まれやがて山根の森に至った　ここは男沼女沼が見渡せる景色の良い場所である　以仁王は此処で一息入れるとともに乙部右衛門佐に命じて「若宮八幡

宮」を勧請され前途の無事を祈願された　今の九々生（くぐりゅう）八幡がこの社である

この九々生という地名は以仁王がこの時に漏らされたある言葉がもとになっているのだと云う　ある低い木の下を身を屈めて通られた時に「我は今このように身を低めているがやがて元の龍となって天を駆けるであろう」と発言されたことから付いたのだと　この言葉は「今の境遇を恥じることなく受け入れようではないか」とも「この辛苦を分かち合って呉れた者への感謝は忘れない」とも聞こえたであろう　人はともすれば自分の欲得にしがみつき気に染まぬ処遇には憤懣絶望する　しかしそんな不満を他人に漏らしたところでどうなるものでもないだろう　この「いくら嘆きは深くてもそれをただ他者に放り出すわけにはいかない」という強く抑制の利いた言葉は並の人間には到底言えぬことである

しかし凡夫の邪推を敢えて述べればこれは深く隠されたテンションなのであって《さすがにこの一言だけは言っておこう》《聞いて記憶してもらいたい》と咄嗟に口を突いて出た言葉なのかも知れないとも思えるのである　究極の侮辱を受けた人間　行き場のない憤懣は深くたぎっている　それを抑制した極限の心に深く同情し　感じ入っている村人たち　わが先祖龍王院もそこにあって無言で頷いている

以仁王の気品は居並ぶ人々にマイナーな印象を与えない　だからこそこうして記憶される言葉になったのだと思う

合戦の夜唱ヶ崎を血に染めて

一行は夕刻に長浜村の村司清水淡路の宅に到着したが　そこに界村の十郎左衛門の奥方からの飛脚が届く　石川の軍勢が中津川（大沼郡昭和村）の方面から攻めて来るという知らせである　同行して来た十郎左衛門は家を守る妻女の咄嗟の働きを称え乍らともかく安全の確保の為にこの先の楢戸村の龍王院にお移し申し上げるのが宜しかろうとそのまま出発する

そして渡辺長七唱の陣頭指揮のもとで臨戦態勢がつくられる　清水淡路は近村の達者丈夫の者を集め　弓矢を整え石つぶてを積み上げてゆく　黒谷川の橋も落とし退路を断っておく

やがて夜になって石川の勢は淡路の屋敷を取り囲み鯨波の声とともに攻め寄せる　その石川勢を十分に引き寄せておいて　腕に覚えのある村司の淡路が三人張りの強弓にて１３本を立て続けに射掛ければ　敵将石川の乗る馬の横腹に当たり石川は落馬　それをチャンスと見た長七唱の「かかれ！」の声に一気に切りかかり　大刀小刀薙刀そして石つぶてで石川勢を散散に橋まで追い詰めた　退路を断たれた石川勢も死に物狂いでそのまま切り合いとなる

猪野早太も乙部右衛門佐も良く闘い　真っ只中に飛び込んだ無双の長七唱は忽ち２８人を切り伏せたので　大将の石川ももはやこれまでと腹を切って死なんとするところを長七が襲い掛かって一気に首を打ち落とす　「無念」と叫んだ石川の首筋の鮮血が其処に自生していた「じ

さがら（アブラチャン）」という黄色い木の実を真っ赤に染めて以来　この地のアブラチャンだけは実が赤くなったのだといわれる

ここは名峰会津駒ケ岳を淵源とする黒谷川（くろだにがわ）が伊南川に合流する　山間においてはひときわ開けた場所である　この戦乱以降この地を大活躍の長七唱を記念して唱平（とのうだいら）と呼ぶようになったと云われる

石川の首は楢戸村龍王院に運ばれ以仁王にお見せした後　下沢の辺りに埋葬した　また戦死者の為に作られた大きな塚はやがて唱塚と呼ばれるようになった　この時ここまで行動を共にしてきた西方院寂了法印がこの地にとどまって死没者の菩提を弔いたいということになり　お許しになった　福王院長命寺がその寺であるという

ともかくも悩まされた石川の軍勢を撃破して　以仁王の周囲にやっと安息が訪れる　合戦に参加した者共が翌日龍王院に集まり祝勝の杯を交わした　幸い味方に命の別状なく　傷は負っても深手の者は居なかった　連日の酷暑の中で此処まで心の休まる暇の無かった供の者たちからも漸く屈託のない笑顔がこぼれる　良等こと頼兼　乙部右衛門佐　猪野早太　長七唱　童子の田千代丸　そして北面の武士たち　長浜村の清水淡路　井戸沢村の十郎左衛門　小川村の権蔵など　近隣の村の者も大勢集まって龍王院は大いに湧き返った　この時の以仁王の笑顔が奥会津の人間の心に言葉に尽くせぬ深い感激を刻み込んだのである

八十里越えから越後小国へ

そしてこの先は最後のヤマ場である八十里越えとなる　山伏とごく一部の山に詳しい者しか通らない　長く険しい道である　楢戸村から伊南川に沿って西に進み　只見川の合流地点を船で渡り夕刻には八十里越えの麓の叶津村に到着　村司讃岐宅に一泊する　一行は１７人そして村から屈強の者１８人が補佐の役目で同行しようという　険しい峠で手を引き腰を推し背に負う必要がある　その食糧やらの準備で村を挙げての歓喜の取り組みであった

明けて８月３日　山を知悉している山伏龍王院を先頭にいよいよ八十里越えである　この日は良く晴れ渡っていた　大変な急坂を３里登ったところで少し休憩ということになった時に若者たちが猿楽を演じて御覧に入れたのでそこは「猿楽」と名付けられたと云う　最初の峠を上り切って眺望の良いひらけた所に野宿となったが　以仁王にはせめて仮寝の場所をと「仮御所」を作りお休みいただいたのでそこは後に「御所平」と呼ばれた

しかしこの夜は大雨になる　伝令として猪野早太が小国城に向けて先発した

そして翌４日は本隊も進んで「吉ケ平」という村に着き村司吉蔵方に一泊　ここで井戸沢村の十郎左衛門はお暇を賜り引き返す　５日には加茂神社に到着し城主からの迎えとようやく合流する　龍王院と小川村権蔵はご無事を確認して此処から会津に戻っていく

その後の以仁王

そして以仁王のその後であるが　越後の各地に残る伝承を並べると相互に矛盾するものも多く　それらの根拠等を比較検証することは本書の役目を超えると思われ　やがての課題にしたいと思う　ここでは私が長く惹かれ続けている一説を紹介したいと思う

以仁王は小川庄高居殿村月見崎と云う所に隠れて棲まわれていたが　翌年の１１８１年４月３日に会津勝湛坊に攻め込まれ　長七唱らの奮戦も空しく３１歳で逝去されたと云うのである

この勝湛坊とは慧日寺の乗丹坊の事である　そして乗丹坊はこのあと有名な「横田河原の戦い」で木曽義仲と一戦を交え落命する　それが６月１３日　たった２か月後のことである

乗丹坊亡き後　城助職は会津に退却するものの今度は奥州藤原氏に敗北して一気に勢力を失い　北国での大きな柱を失った平家はこの先急速に凋落していくことになる

これほどまでに以仁王に執念を燃やした乗丹坊の動機がいまだ謎であるが　会津で最大の敵だった石川の軍勢とは　実は乗丹坊の差し金だったのかも知れないと　ふと思った

以仁王が長命を保たれ　越後の地で安息にご生涯を終わられたという説もあり　私も心からそう願うところである　過酷な運命に翻弄された以仁王の生涯を思うとき　最後にそうした安寧が訪れたのなら　そのことだけで私は本当に良かったと思うのである

上・紅梅御前宮

下・桜木姫のお墓

第7章　紅梅御前と桜木姫の謎

まぼろしを探すことには　答えがないかも知れない
どこかで何かが間違っていたかも知れない
でもここまで来てもう引き返す場所はない
やり直すことが出来ないと思いつめて
ただ前に進んできた二人の女性にとって
目指す相手にたどり着けない絶望感はひとしおであったと思う
ここまで来たらこの先は　もう自分では止められないという
宿命に向かって歩み続けるしかなかったのだ

慕ってきた二人の姫たち

紅梅御前は以仁王の　桜木姫は乙部右衛門佐の妻である　紅梅御前は17歳　桜木姫は18歳　その二人の女性が岩瀬小藤太と堀八十次という供奉の者たちと一か月遅れで以仁王の後を追って来たというのである　ただ二人の名前は正史はおろかこの会津物語以外のどの書物にも出て来ないのであるが　それには本名を出すことをはばかられて「梅」と「桜」という二つの花に事寄せたのだという説もある

ともかく二人は中山道を下り　白河の関から岩瀬郡の風坂峠や蝉峠などの難所を通って会津に入ってきた　その途中の風坂峠の麓の田ノ内村ということころで供の一人の堀八十次が病没してしまう　そこから岩瀬小藤太ひとりの供奉でようやくのことで大内村にたどり着いたのは1180年8月24日のこと　しかし無情なことに以仁王はすでに越後へと出立されていた

期待して逢えなかった落胆と長旅の疲れからもともと病弱であった桜木姫が臥せってしまい26日に村司戸右衛門方でそのまま亡くなってしまった　紅梅御前は深い悲しみのなかにあって　それでも心が急かされて　小藤太を伴われて以仁王の通られたという道筋をたどって進まれようとしたが彼女もまた衰弱は甚だしかった　大内村から10キロほど進んだ戸石村の五郎兵衛宅まで辿り着いたところで力尽きて倒れ　遂にそのまま逝去されてしまった　28日の明

け方のことだという　（一説にこのとき御前は臨月の身だったともいう）

その後　小藤太はたったひとり小国にたどり着いて　以仁王と面会し　事の次第をお耳に入れた　王は驚き直ちに桜木姫の夫である乙部右衛門佐を名代として　紅梅御前と桜木姫を弔うべく出立させた　乙部は９月１５日に楢戸村の修験龍王院にたどり着かれ姫君たちの供養の護摩焚きをした　それから龍王院も同道して９月２１日に戸石村に入り五郎兵衛宅に到着　紅梅御前のため祠を造り、龍王院の加持で御前霊社としてお祀りした

この祠は今も戸赤の渓流をへだてた岸辺に祀られている　この渓川を里人らは悲嘆の極に亡くなられた紅梅御前を偲んで姫川と呼んでいるが御前の墓と村との間には橋がない　いくど橋を架けても一夜の雨で流されてしまうのだそうである　愛する人に会えないままあの世に旅立っていった妃の魂の　もうほかの誰にも逢いたくないという心情を汲んで自然は橋を流してしまうのだという言い伝えが残っている

さらに一行は２４日大内に入り戸右衛門宅にたどり着き　桜木姫の塚に桜の木を１本植え龍王院の加持でここにも桜木霊社をお祀りした　現在も桜木姫の墓は大内より氷玉峠にかかる道端に長旅の途次での悲しい死をあらわすかのようにぽつねんと立っている　この場所は御側ヶ原と呼ばれる　由来は不明だが愛する人のお側にというせめてもの命名かと心が痛む

紅梅御前の血筋

高倉宮御伝記によると紅梅御前は「高野大納言俊成公」の息女で橘姫と申されたという　俊成公という名前からは　百人一首の選者藤原定家の父の俊成　自らも「千載集」を編んだ平安後期の大歌人の藤原俊成を想定するが　俊成の官位は正三位皇太后宮大夫であって大納言ではない　高野と呼ばれたこともない　高野大納言としては時代は下るが江戸時代　赤穂事件の時の接待役に高野大納言保春という人がいるのが見つかったのみである

しかし藤原俊成は人間関係的には以仁王のかなり近い位置にいた人である　俊成の兄の忠成の娘が以仁王の妻となって後に天台座主となった真性を生んでいる　俊成の娘が以仁王に嫁ぐことも大いにあり得ることである　肩書が誤認されて伝わったのかもしれない　ここはひとつの期待として　紅梅御前が藤原俊成の娘であるという仮定の下で推理を進めてみたい

紅梅御前はこの時17歳というのだから生年は1164年　1162年生まれの定家の2歳下である　定家の同母兄弟姉妹は数多く　母である美福門院加賀は10人を生み育てている「明月記」という詳細な日記を遺した記録魔定家なので姉妹の消息はかなり詳しく全貌が掴めるのである　この10人を並べてみると・・・

長女　：八条院三条（１１４８年生まれ）：藤原盛頼室、俊成卿女の母
次女　：高松院新大納言（祇王御前）（１１５０年生まれ）：藤原家通室
三女　：上西門院五条（１１５１年生まれ）
四女　：八条院権中納言（延寿御前）（１１５３年生まれ）：民部大輔源頼房室
五女　：八条院按察（１１５４年生まれ）－藤原宗家室
長男　：藤原成家（１１５５年生まれ）
六女　：建春門院中納言（健御前、九条尼）（１１５７年生まれ）
七女　：前斎院大納言（竜寿御前）（１１５９年生まれ）
次男　：藤原定家（１１６２年生まれ）
八女　：承明門院中納言（愛寿御前）（１１６４年生まれ）

定家の２歳下には確かに愛寿御前がいるが　彼女が仕えた承明門院は１１７１年生まれであり　後鳥羽天皇との間に土御門天皇を産んだあと　１２０２年に院号宣下で承明門院となったのでその後に仕えたこの愛寿御前が紅梅御前である筈は無い

それならば俊成が別の誰かに産ませた娘ということになるが　そうなると困ったことが出てくる　俊成の人生遍歴のことである　俊成はもともとは何人かの女性との間に子女は数人いた

しかし美福門院加賀と出逢って　涙ぐましいアプローチ　はじめ拒絶されながらやがて承諾を得て大好きな彼女と一緒になれてからはひたすら純愛を貫いた男である　美福門院加賀の死における俊成の身も世もない落胆　9首の絶唱と　式子内親王の11首の唱和　さらに多くの歌人から寄せられた哀傷歌の数々と　古典文学史上理想的な純愛カップルだったのである

それを思うと外にこっそり子どもがいたら相当ミソが付いてしまうのである　男はしょうがないなんていうヨタった話になってしまう　そういう条件のもとで俊成の娘である可能性を探らねばならない　しかしあり得ないこととは　残念ながら言い切れないのである

桜木姫の血筋

一方の桜木姫は橘諸安の息女とある　橘諸安の名前は歴史の表層には見つからないが　橘という姓と「諸」という一字で先ず思い出されるのは「橘諸兄」すなわち橘氏の大先祖のことである　和泉式部の夫の橘道貞とか楠木正成とか家系的に曖昧な部分が多い橘氏ではあるがとにかく名族である　桜木姫はその一門の女性だというのである

橘氏について　以仁王との関わりでもう一つ気になることがある　もともと橘一族というのは古代屈指の大豪族で山城の井出一帯を本拠としていて　現在でも橘諸兄の広大な邸宅跡が確

認出来るのである　その子の奈良麻呂の乱で急速に勢力を失う橘氏だが　その孫に嵯峨天皇の皇后となって檀林皇后と呼ばれた橘嘉智子が現れ勢力を盛り返した　その後も本拠地である井出の一帯は橘氏の残存勢力があったと思われるが　じつは以仁王が消息を絶った場所が此処なのである　宇治から逃げて井出の湧き水で喉を潤したあと　平家物語では絶命したとされるが遺体は見つからず結局消息不明　じつは山に逃げ消息を絶ったと考えた時　その苦難に陥った以仁王の幇助にこの橘氏が関与していたのではないか　その一族の女性が桜木姫だったのではないか　という想像が膨らんで来るのである

さらにもうひとつ気になるのは　以仁王の奥会津での最初の拠点となった桧枝岐の苗字は元々3つしかなく　その一つが橘なのだということ　その由来は楠木正成だと言われているようであるが　もしこの桜木姫ないし紅梅御前（幼名は橘姫）に関わるものだったとしたら　あるいはそれ以前に太古からの名族「橘氏」に関わった事か　桧枝岐が平家の落人村とは良く聞く話だが　橘氏となると更に数百年も根が深くなる可能性が出て来るのである

二人はなぜそこまで・・・

それにつけても紅梅御前17歳　桜木姫18歳　若い女性二人にこのような過酷な長旅をさせた背景は何だったのだろうか　京都から追って来たのだとしたら　以仁王の行先をどうやって知りえたのか　もしかしたら京都に遺された妻女ではなくて　以仁王の逃避行の途中で何かいきさつのあった女性たちが　深情断ち難く追い縋って来たものではないだろうか　想像の翼は広がる　若い女性だから　その思い込みは途方もないエネルギーを生むのかも知れない

この二人の女性について分かること　想像出来ること　それをもっと引っ張り出して並べて整理しなくてはならない　高倉宮御伝記をもっとじっくり虚心に読んで行かなくてはならないアリエナイならなぜあり得ないのかを徹底的に考えること　まずこの二人は以仁王が大内にいるはずという大きな確信をもってやって来たと云うことがある　それなのに　王がすでに出立してしまっていることに深く落胆して　次々と亡くなっていったと云っている　到着してすぐに死んでしまうような弱っている人が山を越えてたどり着けたというのが不可解である　本当に衰弱して亡くなったのだろうか　別の原因だったのではないだろうか

そもそも二人はそうやって申告されている通りに　東から　逢坂峠から来たのであろうかそれをずっと見ていた人があるわけではなく一人生き残った岩瀬小藤太が証言しただけかも知

れない　中仙道を来たというが　なぜ白河の関まで大きく回り込んできたのだろうか　これだと上州から尾瀬を抜けてきた以仁王の経路と余りにもかけ離れた動きをしながら　それでも大内村をしっかりと目標としてやって来ている　どういう連絡があったものだろうか　どんな確信があったのか　誰がその情報をもたらしたのか

色々な誤解もある　桜木姫を以仁王の側室としている記述が　堂々とまかり通ってしまっているがそれは元々の話には無いこと　紅梅御前が臨月だったという謬節についてはすでに述べたが　桜木姫も懐妊していたという説もある　これは大内と同じ下郷町に左走（さばしり）という集落があり　そこは殆どが「桜木」という名字であるがこの一族は桜木姫の子孫であるという　桜木姫は出産で亡くなり　その産み落とした子を大切に育てたのだという言い伝えを持っている　難産というのなら　衰弱死とはあきらかに違う・・・

難問！コースアウトの謎

論理的な流れとかいうのとはちょっと別な話として　人の心情の揺らぎというか　心の乱れというようなものが人の行動をガラリと変えてしまうことがあるという見方から　以仁王の動きと　後に続く紅梅御前たちの行路を考えてみたいと思う

まず以仁王の行路には大きなブレイクポイントがあって　それは入小屋村のあたり　そこからいったん行路を大きく外している　まず南の尾瀬から入って沼山峠を越えて桧枝岐村に入りずっと伊奈川の流れに沿って北上して来たのだから　そのまま素直に伊奈川の蛇行に合わせて西の方に　つまり目的地とされている越後方面に向かえば良かった　川沿いなので高低差もない　そして最後は六十里越えか八十里越えで越後に抜ければ何の問題もなかった　ようするにそれが最短コース　推奨コースであったのに　何故かそちらに向かうことをこの入小屋村の辺りで以仁王は躊躇ったということである

そのためらいの理由として「高倉宮御伝記」では以仁王を付け狙う石川なにがしという軍勢が待ち伏せしている　命を狙っているっていうことが出てくる　以仁王はそれを恐れて方向を変えたと説明する　とにかく進路変更　東ないし南東の山を越えにかかる　東の急峻な駒止峠か　南東を大回りする中山峠かという選択になるけれども　どちらにしてもそこを抜けて現在の田島町　そして下郷町のほうに積極的に入っていくこととなり　大幅な迂回と云うか　むしろ全く違うコースを辿ろうとしているように見えるわけである

ようするに素直に行けばいいところを　全く突然のように　そういう疑心暗鬼に踊らされるように東に山越えして　そこからまた回り込んで北に向かって行く　北にそのままずっと直進して阿賀野川の方を通ってそっちから新潟に抜けるみたいな方針変更を言うんだけども　その

方針もまた覆る　そして結局北からふつうに攻めて来る石川の軍勢にぶち当たってしまう　そのあと何だかんだと押し戻され　南下してまた駒止峠を越えてもともとのその迷走の最初の地点　界のあたりに戻って　そこからはいわゆる正規の六十里越えのルートに戻るんだけれども約10日のロスになっている　その上に乗丹坊までが偵察に来る始末で　さらにそのあたりの井戸沢村でさらに7日を過ごす　そうしているうちに石川の軍勢の追撃が執拗になり　それを現在の長浜のあたりで打ち破ることが出来て　めでたしめでたしと会津を後にするという流れだが　とにかくこのコースアウトの部分はひどく謎めいている

明瞭なのはその迂回の中心に大内村があるということ　ここは自分の安心できる京都のオオウチだと大内裏だということを以仁王も言い　数日の逗留ではあったけれども　その逗留でそこまで彼は強い思いで大内を顕彰して去って行くのである　さらにそのあとしばらくして妻の紅梅御前と従者の桜木姫が以仁王の足跡を辿ってやって来る　従者と云っても桜木姫も以仁王の重要な家臣である乙部右衛門佐の妻である

そしてこの二人の女性が相次いで亡くなってしまうために　悲劇の様相が非常に濃くなっているのだが　なぜ大内の周りでこのような風雲急を告げる様なことが繰り返し起きるのか　風雲というのならば　攻めてきた石川の軍勢を火の玉が空から降って撃退したという話もまさにそうである　とにかくミステリアスなことが大内を中心に繰り返し起きている

大内そのものに何か強い求心力があって以仁王が引き寄せられたことは間違いない　そして一月後に追ってきた2人の妻女が　以仁王が「いるはず」という強い確信でやって来たことと
も関係があるはず　しかしその予想に反して以仁王はすでに出発していた　追い縋ってくる状況を知っていたのなら待たないのは　心情的にはちょっとあり得ないことである　桜木姫や紅梅御前が追ってくる事を知っていればもう少し待ってたかも知れない　或いは何らかの伝言を伝えたかも知れない　しかしそうではない　以仁王はそのことを知らなかったのか　追ってくることを知らずに出立してしまった　でも姫たちは以仁王にとって大内が大事な拠点であることを知っていた　つまりこの姫たちの動きによって以仁王の大内への旅は迷走ではなくはっきりと予定的な行動だったという事がわかるのである

非常に輻輳して頭の整理がつかないが　細かい利害が錯綜していることには間違いがない　以仁王の動きの情報を桜木姫に知らせたのが山伏であったことは間違いのないことであろう　もしかしたら二人の従者である岩瀬小藤太と堀八十次も山伏だったのかも知れない　彼らがなぜそういう風に動いたのか見えてくるほかの要素はないものだろうか　今回はそこまで到達できないのは残念である

雪の大内宿

第8章　正之と以仁王の出会う場所

誰も居ない舞台　ここは一つの撮影現場である
そこに或る小道具が「大切なもの」として置き忘れられている
置き忘れたのか　それともわざとそういう風においてあるのかは分からないが
でもわざわざそういう風に置いてあるとしたら　それがとても大切なものなのだと
分かる仕組みになっている　そのわざとらしさによって分かる仕組みになっている

歴史上の人物としてその名を知っていた保科正之という人を　こんどは以仁王とのかかわりの中で詳細に調べる中で　私は彼の多難な人生の局面局面を見詰めて　その悩みの深さを考えるようになった　生老病死　誰しも向かい合わなくてはならない　少しずつ確実に閉じて行く人生の時間の残量を　彼はどのように噛み締めていったのか

正之の思考回路　それは柔軟で　しかし厳格である　常に念頭にあるのは中途半端な思い込みでぐらつかない「全体」への配慮である　それは帝王の感性として臣民の末端までの思いを痺れる程の鋭敏さで感じ取る力である

深い懊悩の中にいた人

有能で人柄も良い　つい頼られてしまう　頼られる人間の常として　どんな状況でもお構いなしに人は寄ってきて　こっちの都合なんかはお構いなしだ　だから超多忙であったし　多忙である自分を当たり前だと思う人　様々な判断を限られた時間でしなければならなかった人　輻輳した物事を同時に　多面的に考える　相手のこと　みんなのこと　特に社会的な弱者の視点で考えることのできた人　トップの地位にありながら決して上からものを見ない　自分の幸せなど考える暇はなく　私情は自分に許さなかった

こんにちの日本があるのはこの人が在ったから　真の統治者というものに世界史的にもぬけの殻の　不安定な時代　絶対主義も　重商主義も始まる前の嵐の前の恐ろしい低気圧の中で　ただ日本だけは真の統治者に巡り合え彼のバランス感覚に　重大な１６００年代を預けることが出来たこれは奇跡であり　感謝してもしきれない　民族の僥倖であり神の作用としか思われない　しかし本人の内心はどうであっただろう人知れぬ苦しみの連続だったと　私には見えてならない

歴史的優等生

歴史的優等生　これは本当に失礼な言い方だ　本来そういうふうに思われることを嫌うひとだ
と分かっている　でも彼は課題を見つけ　それをミッションとして取り組むタイプであること
は間違いない　国を背負わなくてはならない　藩を全うしなくてはならない
臣民を　その階層　状況それぞれについて　幸福にしなくてはならない
子として父母を　夫として妻たちを　兄として弟妹を　父として子らや嫁や孫たちを
そういう　あるべき理想を追求する　内なる闘いを止めなかった
一歩も引かないで　理想の実現に奔走した　現実の打開に立ち向かった
しんどい義務責務のノルマ達成などではなく
ココロからの当たり前の事として　サクサクと実現して行こうという男
本当に「歴史的優等生」という言葉を　憧憬として　賛辞として贈りたい

シンドカッタんだろうな　その証拠に　満身創痍でなくなっている　白内障も結核もきつい病
気であった　受け止めるしかない　人生ナンテ　その一切合切が　自分の意のままにはならな
いことなんかは　ごく初期の段階で　十分に体感している筈なのだ

歴史的な優等生　これは苦しみを知り抜いて育った彼には侮辱的な言い方になってしまうのだろうか　適当に弄んでいるような言い方に聞こえるだろうか　羨望として　リスペクトとしてそんな風に云うためには　こちらにも多少は類似の案件が要るのだろう
それを全く　考えなかったら　書いて良い文章もない　言って良い言葉もない

しかし彼の苦しみは：
国のことで悩み　民のことで悩み　自分の子孫のことに心を痛め
先逝く人のことで悲しみ
少しも休まらなかった人生　しかしシメシ（示し）は付けねばならない
そういう大納得を目指さないのでは甲斐がない
潔さ　死を賭して戦うという　そういう譲らないところの素晴らしさ
とても常人にはまねのできない人生であったということ　これは私がその状況を知ること　想像することは大切だが　分析したり　論じたりできる立場ではないことは重々わかっている

心に刻まれた秘密

本人が誰が何と言おうと心に深く刻んでいたことが　行動原理の根幹にあったはず
その一つは母への思い　そして水と流れてしまった兄への思い　そして二人目の自分をさす
がに殺せないと腐心した叔父たちの覚悟　兄が一人　そうなったことが一つの言訳となり　免
罪符となって　自分は生まれることが出来た　兄は人身御供であったのだ　自分は兄の分もこ
の世に晴らさねばならぬことがある　泣くことも叶わなかった無告の嬰児のかわりに
もとより父将軍が奥方の顔色を窺いつつ　ひそかに外に作った子どもが自分であるという
そんな因縁の自我である　子と母の　なんと哀れなことか　その狭く不安な場所に何とか　居
住まいを作らねばならなかった　そしてその一族は　何を期待できたというのか
幼名は幸松と云った　ユキマツ　そのまま　幸せを待つという意味合いである
しかしコウマツとも　ひそやかに呼ばれたという
「甲」待つ・・・甲斐を俟つ　つまり絶滅した武田の一族の復活を願うというメタファー・・・
あえかな期待の響きであったのかも知れない
かれを引き取った養母の見性院は　あの武田信玄の娘なのであった

子どもたちにも背負わせてしまった・・・

正之の人生に影を投げかけた家庭内の不幸な出来事がいくつかある

◆1657年　正之47歳　明暦の大火　次男正頼　肺炎となって死す

大火の最中　そして直後の混乱の収拾に全神経を集中させている正之に　幕閣が訊く　あなたの家は大丈夫か　正之は言下に「この時に臨みて　私邸　妻孥を顧みるに暇あらず」自分の家や妻子のことを顧慮する暇はないと言い放ったのだが　その頃家で消火活動をしていた嫡男の18歳になる正頼は風邪をひき　肺炎になってまもなく死んでしまうのである　正之は喪に服することすら解除を願い出て　会津で行われた葬儀になど当然出席できなかった

◆1658年　48歳　会津騒動　長女媛姫　毒膳を食べて死す

4女の松姫が加賀前田家に嫁すというその祝宴の為に長女の媛姫が嫁ぎ先の米沢上杉家から実家に戻っていた　その媛姫が実母のお万の方の入れた毒の膳を食べて死んでしまう　側室の生んだ松姫が大藩である前田家に嫁ぐことに嫉妬して入れた毒を　松姫付きの老女が機転を利かせて　妹が先にいただくわけにはいかないと姉の前に置いたので媛姫は毒膳を食べ　母の目の前で死ぬことになった　正之は多くの者を処刑し　お万の方を終生許さなかった

喪失の苦しみをどうやって超える

人は喪失と・・・向かい合わねばならない　それは心の極限で　その場所では泣いたり叫んだりすることが出来たとしても　その失われた何かが現実として戻ってくるわけではない

人生には出会いがあり発見があり新しい構築がある　なければならない　そう思ってやって行かないと辛くなる　しかしそれと同じくらいに濃密に　つぎつぎに予期せず　否応もなく喪失は訪れる　そして人間は最後に自分を失う　肉体を失う　思考や感情を失う　これほどに愛着した　或いは憎悪した自分自身と別れなければならない　失われていく自分とゆっくりと或いは急激に向かい合わねばならない　喪失は心の動揺を生み　其処から逃れなくなることだってある　日頃立派なことを言って居た人でも　そうした急激な怒涛の中で我を忘れて泣き叫ぶひと　あるいは黙って黙りこくって　自分の堅い殻の中で悶死する・・・

こうした喪失の体験を繰り返し　最後は消滅する自我と真摯に向かい合った　その恐怖を乗り超えて行った人々のことを思いだす　痛みに耐えられなくなった時に人はモルヒネのようなものを体の中に作る　モルヒネはそうした人間の心の中で作られ　自分自身の痛みを緩和するしかしもし痛んで苦しむことを自分に許さない人だったらどうなるのか　苦しみを苦しみとしてではなく普通に自分の一部として畳み込んでしまう人だったら　どうなるか

みずから閉ざす諦める

人生の様々な苦　生老病死　五蘊盛苦　求不得苦　怨憎会苦　愛別離苦
そして四諦という　四つの諦め　滅諦　道諦　集諦　苦諦
仏教研究のひろさちやさんが人生のさまざまな「苦」からの脱出法として「であい」ということを書かれている　それは三つの言葉の頭文字をとったもので
「で」・・・デタラメ　「あ」・・・アキラメ　「い」・・・イイカゲン
が大切だというのである　あまり良くない言葉ばかり並ぶが・・・
◆デタラメというのは「理想をもって邁進してもうまく行かないときは行かない」のだから「大らかに生きようよ」ということ
◆アキラメというのは「どうにかしようと思うと苦になる」のだから「心を広く持って諦めてしまおう」ということ
◆イイカゲンというのも「自分の物差しを当てたりしない」で放っておくことが「心の幸せになる」ということ
ムカついた時に「で・あ・い」と唱えると気が楽になる
これを心に留め　悶々としたときの呪文としている

正之が以仁王をいつどこで知ったのか

柔軟な思考力　聴く耳を持った会津の新しい若い殿様　そういう保科正之が以仁王のことを知ったタイミングについて　私は映画のシーンのようなひとつのイメージを浮かべる

それは１６４４年　正之が会津藩主として最初の参勤交代の時である　会津西街道　大内宿は宿場と決まったもののまだ全く整備のされていない田舎の村だった　小姓にかしずかれ昼食休憩に一息吐く藩主正之がふと目を止めたのは街道から外れた山辺に堂々と聳え立つ杉の大樹と小さな祠である　あれは何を祀っているのかという問いに　村司は以仁王の物語をお耳に入れる　むろん平家物語はご存じであったろう　山城で亡くなったはずの以仁王が会津で祀られていることをはじめはひどく不思議なこととして認識されたのではないか　信州高遠で育ち米沢で暮らし会津の殿様として入ってきて２年目の正之は会津にそういう伝説があることはもちろん知らなかっただろうし　現実的ではないと思うのが普通の反応であろう

正之は生来根の明るい　気さくで偉ぶったところなど微塵もない殿様だった　村人たちの話をじっくりと聞いて以仁王の艱難辛苦と　そこに深く同情している村人たちに感じ入った　以仁王が求めながら　なかなか見つけることが出来なかった心の平和を　この会津で　この村で

いくぶんかでもお助けしたことを　それから４００年もの間　誇りとして語り継いでいる・・・
その気持ちを領主である自分が受け止めずにはいられない　自分だって流浪してきた男である　以仁王の苦しみを　自分の問題と感じて受容し　嚥下する　それは言葉で交換しうるような質のことではなく　ただ心に秘めた　そんな瞬間があったのではないか
ホーボーっていう言葉をふと思い出す　英語で放浪者のこと　むかし暢気な子どもだった頃「ホウボウ歩いてきたからホーボーだ」って教えられてそのまま暢気に覚えた　ホウボウ歩いて会津のお殿様になっている正之が　ホウボウさまよい歩いて会津にやってきた以仁王に直感的に気持ちを合わせる　お互い放浪者　似た者同士ガンバリマショー的な感覚だったのか・・・
ともかく正之は祠に手を合わせた
参勤交代はスケジュールで動くものだから　ここでぐずぐずはできないけれども　その先の道中でも３４歳の正之の若い殿様はいろいろな思いを巡らされ　そのアイディアを側近に伝えていったものではないだろうか　そうした稚気のような遊び心が正之の人知れぬ慰めだったのではないだろうか　旅する者の心のオアシスを作る　そのような感覚があったのではないか
しかし高倉神社は正之の最晩年の人生決着の書である「会津神社志」には記載されなかった藩内の全ての神社の由緒と祀られる神を調査し　正統な神社を査定するプロジェクトである

由緒正しいものをリストに挙げる作業　そのリストに高倉神社は漏れてしまっている　つまり「正しい神社」ではないということになっている　目をかけていただいたはずなのに冷たいじゃないですか　以仁王では祭神として不足だということなんですか　立派な縁起とは言えないということになってしまったのですか

いや　全く違うのだ　考えてみればよく分かる　大内の高倉神社は若い時分の正之の理想の実践の場であったが　大義名分で走らなければならない今の正之にとっては足手まといになるのだと　村はそれを遠慮して敢えて身を引いたのだ　躊躇と忖度があったのだ　他の延喜式の式内社などの基準とは到底違う　若いころの正之のような人にしか仕切れなかった世界だったのだ　そしてその正之は年老いて今や命を終えようとしている

そしてそれは逆に正之の内面から見るとき　この社会的な「神社志」を完成させねばならぬという執念の方向とはまったく別な　心の奥でヒミツ扱いになっている格別のことなのであった　安休にも闇斎にも惟足にも云う必要もない　自分にしかわからなくていいこと　自分と大内の村人と　大杉の中からこちらを見ている以仁王にしかわからないヒミツだったのだ

（了）

以仁王略年譜

西暦	年号	年齢	記事
1151	仁平1	1	誕生、父はのちの後白河天皇
1154	久寿1	4	比叡山　最雲法親王に入門
1162	応保2	12	師・最雲法親王の死
1165	永万1	15	太皇太后多子のもとで元服
1180	治承4	30	令旨の発布　以仁王事件　山城を脱し会津に
1181	養和1	31	越後にて没

保科正之略年譜

西暦	年号	年齢	記事
1611	慶長16	1	誕生、幼名幸松
1613	慶長18	3	武田信玄の娘、見性院に引き取られる
1616	元和2	6	信松院、家康没
1617	元和3	7	高遠藩保科肥後守正光の養子となる
1622	元和8	12	見性院没
1626	寛永3	16	秀忠正室江与の方没
1629	寛永6	19	駿河大納言忠長と対面
1631	寛永8	21	保科正光没、正之を名乗り高遠藩を継ぐ
1632	寛永9	22	父秀忠没
1633	寛永10	23	平藩主内藤政長の娘お菊と結婚、忠長（28）自刃
1634	寛永11	24	家光に従い、日光社参・上洛
1635	寛永12	25	母浄光院没

１６３６	寛永１３	２６	出羽山形２０万石に転封
１６３７	寛永１４	２７	江戸城二の丸留守居拝名、正室お菊没
１６４１	寛永１８	３１	家綱誕生
１６４３	寛永２０	３３	会津２３万石に転封、南山幕領５万５千石預かる
１６４４	正保１	３４	参勤交代ではじめて大内宿を通る
１６４５	正保２	３５	家綱元服
１６４７	正保４	３７	宿駅の掟を定める　参勤交代江戸から戻る
１６４８	慶安１	３８	参勤交代江戸へ
１６５１	慶安４	４１	家光没（託孤の遺命）、慶安事件
１６５７	明暦３	４７	明暦の大火、幕府の米蔵を開放
１６５８	万治１	４８	会津騒動
１６５９	万治２	４９	江戸城再建
１６６１	寛文１	５１	眼病（白内障）発症、吉川惟足より神道を受講
１６６３	寛文３	５３	吐血、翌年までに４回を数える
１６６５	寛文５	５５	山崎闇斎に論語の講義を受ける
１６６６	寛文６	５６	「会津風土記」成る

１６６７　寛文７　５７　領内に一里塚を設け、また古社を再興する
１６６８　寛文８　５８　松平姓・葵紋を辞退、家訓十五か条を制定する
１６６９　寛文９　５９　隠居を許され正経が継ぐ
１６７０　寛文１０　６０　春２３年振りに会津に帰る、秋帰京
１６７１　寛文１１　６１　吉川惟足より神道の奥義「四重奥秘」を受ける
土津霊社の霊号を授けられる
１６７２　寛文１２　６１　５月会津に帰る、家老田中正玄死す
８月「会津旧事雑考」成る
美祢山に寿蔵を制定（墓所を決める）
９月会津を立つ
１０月「会津神社志」「会津神社総録」成る
１１月「土津霊神事実」成る
１２月１８日　三田屋敷にて没す
１６７３　延宝１　３月美祢山寿蔵に葬られる
１６７４　延宝２　９月土津霊神碑成る
１６７５　延宝３　８月土津神社建立

あとがき

印象的な言葉をかけていただいた・・・
「この村はずっと高倉宮以仁王の事を思い続けて来ました　このような山国に尊い方が来られて私らの先祖がほんの一時でも　おもてなし申し上げた　それを誇りとして代々ずっと伝えてきて　毎年夏には祭礼もしているのに　しかしそれは伝説だと　そう言われれば　そうかとも思いながら　それはなぜなのだろうかと　もしこうしてやっていることが史実ではない　伝説であるというなら　それならなんで伝説なんだろうってずっと思ってきたんです・・・でもこの本で色々なことがわかって　考えて　感じることが出来て嬉しいんです」
そう言われて私もまた嬉しかった　以仁王をいざなった山伏の子孫という　一族の誉れのために走り続けてきたからである　このたびの大内宿との出会いに心から感謝したい
今回はページ数の関係で　結論だけをつないだ形になっており　細かい推理の過程は割愛せざるを得なかった　前著「以仁王を探せ！熱く褪めた魂の黙示録」に詳述したもの　併せてご一読願えれば幸せである

2022年夏

町田の寓居にて　　　　楢戸村修験　龍王院末孫　　山崎玲

著者紹介
山崎玲(やまざきあきら)
1957年、福島県南会津郡下郷町生まれ。会津高等学校、東京大学教養学部基礎科学科卒。
テレビ局勤務を経て、現在はフリーの好事家。
著作に「今、もえる理由。」(白井貴子氏と共著)愛育出版
「以仁王を探せ!皇子奥会津を行く。熱く褪めた魂の黙示録。」愛育出版

以仁王を探せ!

大内宿ミステリー

2022年8月1日 初版第1刷 発行
著者 山崎玲
発行者 伊東英夫
発行所 株式会社愛育出版
印刷所 株式会社ジョイントワークス

題字 山崎吟雨
表紙イラスト 古内恵利香
編集アシスタント 野田美和
執筆協力 五十嵐チトミ
取材協力および写真提供 大内宿のみなさん

ISBN978-4-909080-67-7